Tina Charcoal Burner

Chirons Fluch
~ Das verwunschene Dorf ~
   Band II

Coverfoto
Dirk Löcher, Krefeld

Quellenbezug
Wikipedia

Herstellung und Verlag
Books on Demand GmbH, Norderstedt
© 2014

ISBN   9783735742926

Alle Rechte liegen bei der Autorin

Gun till do cheum, as gach ceàrn, fo
rionnag-iùil an dachaidh

Mögen deine Schritte von allen Enden
der Welt unter Führung des
Heimatsterns heimfinden.

Chirons Fluch

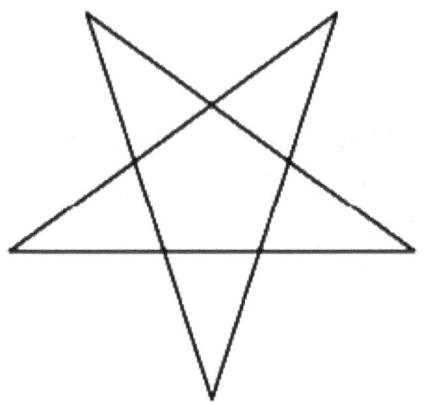

~ Das verwunschene Dorf ~
Band 2

Chiron war Caer mit respektvollem Abstand in den Gewölbekeller gefolgt. Ihm steckte noch der Schock von vorhin in den Knochen, als sie einen Teil ihrer Kräfte zum Besten gegeben hatte.
Sie schritt gezielt auf beide Altäre zu und blieb davor stehen.
„Caer? Was hast du jetzt vor?"
Ich drehte mich in seine Richtung.
„Das holen was einer Bandrui zusteht! Warum fragst du?"
„Bist du sicher, dass du damit gezielt umgehen kannst? Diese Kräfte werden immens und zerstörerisch sein. Deine Macht uneingeschränkt und du könntest mehr schaden als nutzen."
„Ich hege den Verdacht, dass du mich bewusst davon abhalten willst! Vergiss nicht, ich habe einen Bruchteil zurückbekommen. Außerdem ist es alles vorbestimmt! Ich kann mich noch genau an deine Worte erinnern. Nur zu deiner Beruhigung, meine Kräfte, werden in deiner Zeit nicht oder nur bedingt aktiv sein. Somit ist absolut ausgeschlossen, dass ich jemanden ernsthaft verletzen könnte. Auch der Kontakt zu den Druiden ist unterbrochen und wird nur in Notfällen aktiviert. Wie verhält es sich mit deinen Kräften als Werwolf? So wie du mir erklärt hast, dürfte das nicht mehr der Fall sein!"
Chiron grinste mich unverschämt an.
„Wenn ich das richtig verstanden habe, bist du mir in meiner Zeit hilflos ausgeliefert. Kein übler Gedanke."
„Das bin ich wohl! Komm aber nicht auf irgendwelche Ideen, denn ich weiß mir auch ohne Kräfte sehr gut zu helfen! "
„Ich weiß! Deshalb werde ich versuchen, dich nicht zu reizen!"

„Gut! Somit ist dieser Punkt auch abgehakt! Nun bitte ich dich in Deckung zu gehen. Es kann gut möglich sein, dass hier gleich einige Gegenstände umherfliegen werden und ich möchte nicht, dass du verletzt wirst."
„Was willst du veranstalten, Caer?"
„Lass dich überraschen!"
Ich drehte mich den Altären zu, schloss die Augen, konzentrierte mich, atmete langsam ein und aus und hob meine Handflächen in ihre Richtung. Ein leichtes Prickeln durchströmte mich, es fühlte sich warm an und kurz darauf ertönte ein leises Summen. Lächelnd öffnete ich meine Augen und sah die Altäre in diesem diffusen Rot leuchten.
Es hatte funktioniert!
Langsam, Silbe für Silbe sprach ich eine Formel, die in meinem ererbten Buch gestanden hatte.
Ich bat um die restlichen Kräfte, die mich entgültig zu einer vollwertigen Bandrui werden ließen.
Die Macht der Steine hatte mich ergriffen und ließen mich nun in die Lüfte schweben. Zuerst erschrak ich heftig und dachte an die Situation im Wintergarten, als der Wolfsgesichtige versucht hatte mich in sein Reich zu ziehen. Für einen kleinen Moment verlor ich die Kontrolle, sackte nach unten und hangelte nach Halt, den ich natürlich nicht finden konnte.
Ein Aufschrei ertönte hinter mir.
Chiron!
Ich konzentrierte mich erneut und schon schwebte ich wieder nach oben.
Erneut hörte ich ein Summen, dass zu einem mehr als ohrenbetäubendem, kreischendem Geräusch wurde.
Für einen kurzen Augenblick sah ich, wie mein Körper von diesem Licht umhüllt wurde. Danach war nichts mehr.

Chiron glaubte sich in einem Horrorfilm der extremen Art. Obwohl er als Werwolf über bestimmte Kräfte in grauer Vorzeit verfügt hatte, und wusste, wie es war, wenn man sich plötzlich verwandelte, kam ihm das im Gegensatz, zu dem was er jetzt sah, bedeutungslos vor. Caer wurde von einer Art Lichtstrahlen erfasst, die zur gleichen Zeit aus beiden Altären hochschossen und sie in die waagerechte brachten. Ihr Körper wurde vollkommen von diesem Licht eingehüllt und nahm an Farbintensität zu. Es sah beinahe so aus, als wenn sie am lebendigen Leib verbrannte. Je kräftiger die Farbe des Lichtes wurde umso mehr schwoll das grässliche durch Mark und Bein gehende Geräusch an.

Er bedeckte seine Ohren und schaute dem Schauspiel gebannt einige Sekunden zu.

Die Lichtquelle pulsierte unaufhörlich, drehte Caer in die senkrechte und entließ sie vorsichtig nach unten.

Die Geräuschkulisse wurde entkräftet und am Schluss vernahm man wieder nur dieses leise Summen.

Caer stand!

Chiron änderte vorsichtshalber seine Stellung und zog sich weiter zurück. Abwartend beobachtete er sie.

Mit einem Ruck öffnete sie ihre Augen und fixierte einen entfernten Punkt an. Unerwartet schoss ein Blitz aus ihren Augen und traf eines aus früheren Epochen zugemauertes Tor. Es gab eine Explosion und kurz darauf, flogen Gesteinsbrocken durch die Gegend.

Chiron zog den Kopf ein und dann war alles vorbei.

Caer schaute sich suchend nach ihm um.

„So! Erledigt! Ich musste dringend die überschüssige Energie abladen! Zu deiner Information, hinter der Mauer liegt ein weiteres Tor in die Anderswelt! Wollen wir direkt von hier in dein Reich, oder ist es dir lieber durch den Spiegel in meinem Schlafzimmer?"

„Ich würde sagen, durch den oberen Spiegel!"
Nickend winkte ich ihm zu, mir zu folgen.
Entsetzt über die Macht, die sie erhalten hatte, machte er sich mit ihr gemeinsam auf den Weg in seine Welt.

Während ich in mein Zimmer eilte, bekam ich einige Bedenken. Ich hielt inne und wandte mich an Chiron.
„Bist du absolut sicher, dass der Spiegel ungehindert von dir beschritten werden kann? Oder verwehrt dir das Silber auf der Rückseite weiterhin den Zutritt!"
„Jetzt da dieser Fluch von mir genommen ist, kann ich ungehindert den Spiegel betreten. Falls nicht, werden wir sehen was passiert."
„Chiron, dein Humor ist geschmacklos. Ich habe keine Lust deine Einzelteile zusammenzukratzen. Komm!"
Caer fasste seine Hand und schritt mit ihm durch das Tor. Die zähe Substanz sog beide auf. Kurz darauf fanden sie sich auf einer Lichtung wieder.
Chiron blickte sich um und fand das Gesuchte.
„Caer! Dort!"
Vor mir begann die Luft zu flimmern. Nach und nach konnte ich Umrisse erkennen, die sich wie ein Puzzle zusammensetzten.
Eine Steinbrücke erschien.
Sie wies den Weg in Chirons Dorf.
Ich zögerte und bekam doch erhebliche Zweifel.
„Chiron, ich glaube ich kann nicht!"
„Bitte! Du hat es versprochen! Ohne mich findest du das Chronoskop nie!"
„Was geschieht mit mir, wenn ich deine Welt betrete? Wie lange muss ich dort verbleiben? Werden wir beide uns verändern? Weißt du noch, wer ich bin? Was wird aus unseren Kindern in der Anderswelt, wenn etwas schief geht?"

Tausende Fragen schwirrten in meinem Kopf.
Erwartungsvoll schaute ich Chiron in die Augen und hoffte auf eine klärende Antwort.
„Caer ich weiß es nicht! Ich kann nur sagen, dass du in eine dir völlig fremde Umgebung und Welt eintauchen wirst. Altern werden wir beide nicht! Denke daran, es geschieht auf der gleichen Zeitebene. Jetzt beeil dich endlich, bevor sich das Tor wieder verschließt!"
Ich kam zu keiner Antwort mehr.
Er griff meinen Arm und riss mich einfach mit.
Wir überquerten die schmale Brücke unter der sich ein Bach murmelnd dahinschlängelte.
Für einen kurzen Moment versank alles um mich in gleißend, hellem Licht und dann durchschritt ich die Zeitzone in seine Welt.
Sonnenschein, Vogelgezwitscher, Stimmengewirr und das Hämmern eines Amboss war das erste, was ich wahrnahm. Ich blickte mich um.
Eine kleine Gruppe Kinder rannte an mir kreischend und kichernd vorbei. Sie blieben stehen, starrten mich an und flüsterten leise miteinander.
Aus dem Hintergrund stieg plötzlich eine Kakophonie unterschiedlichster Geräusche auf. Ein Hinweis auf die verschiedenen Tierarten in diesem Ort.
Ich seufzte und winkte lächelnd den Kinder zu.
„Chiron! Wen hast du uns da mitgebracht? Wenn das deine Frau mitbekommt, bist du erledigt!", hörte ich eine kräftige männliche Stimme, die anschließend in Gelächter ausbrach.
Ich horchte auf.
Chiron war verheiratet?
Davon hatte er nichts erwähnt und ich wäre ihm mit diesem Wissen sicher nicht nachgefolgt.
Das war ja ein toller Empfang!

Empört blickte ich in die Richtung des Sprechers.
Wütend schlug ich Chiron auf die Schulter.
Er schaute mich schuldbewusst an und senkte einige Sekunden den Kopf.
Das war wieder typisch für ihn!
„Verdammt! Wann hattest du die Absicht mir das zu sagen! Ich will sofort zurück! Ich habe bereits genug! Schön hast du mich ausgeschmiert!"
„Oha! Dein Liebchen hat ziemlich Pfeffer im Hintern! Na, das wird sicher lustig bei euch zuhause!"
„Goibniu! Halt deine große Klappe! Sie ist nicht mein Liebchen, sondern die Haushaltshilfe für meine Frau!"
„Haha, wer es glaubt!" gab unser Gegenüber von sich, der sich mittlerweile als Schmied entpuppt hatte.
Süffisant musterte er mich genussvoll von oben bis unten, zwinkerte, drehte sich grinsend seiner Esse zu und bearbeitete ein Stück Eisen.
„Jaja, man soll das Eisen schmieden, solange es noch heiß ist", gab er dabei noch zum Besten.
„Caer! Ich bitte dich! Du hast gewusst, dass du in eine andere Zeitära gerätst! Ja! Ich bin in dieser verheiratet! Es tut mir leid! Ich musste dich belügen! Versteh mich doch!"
„Verstehen? Ich will nichts mehr verstehen! Du bist eben ein chronischer Lügner! Zurück möchte ich und das sofort!"
„Du kannst nicht einfach zurück! Ich habe dir doch erklärt, dass alles auf der gleichen Zeitebene verläuft nur in einer anderen Ära. Das Tor in deine Welt hat sich wieder verschlossen! Du kannst nicht gehen und musst versuchen, alles aus der gegebenen Perspektive zu sehen und zu verstehen", erklärte er mir.
Ich stöhnte auf, setzte mich auf einen Stein, der sich in meiner Nähe befand und verfiel ins Grübeln.

Wann konnte ich hier weg?
„Caer? Caer!"
Leicht verwirrt blickte ich hoch.
„Chiron, ich muss die Situation in der ich mich gerade befinde, sacken lassen. Es ist einfach zu viel passiert in letzter Zeit", gab ich von mir.
„Ich erinnere dich daran, dass du den Schritt in meine Welt freiwillig angetreten hast! Vergiß das bitte nicht! Niemand hat dich gezwungen!"
Seufzend stand ich auf und ließ meinen Blick in die Runde schweifen.
Das Dorf in dem wir uns befanden, wurde gerade fein herausgeputzt. Überall emsiges Treiben. Es schien, als würde in absehbarer Zeit ein Fest stattfinden.
Nachdem ich alles in Augenschein genommen hatte, richtete ich meine Aufmerksamkeit auf Chiron.
Erst jetzt fiel mir die Veränderung an ihm auf. Er trug langes Haar, das zu einem Zopf nach hinten gebunden war. Seine Kleidung entsprach diesem Jahrhundert.
Ich blickte an mir herunter und stellte fest, dass auch ich in einem anderen Gewand steckte.
„Was geht hier vor? Wenn ich mich so umblicke, wird wohl eine Feier vorbereitet? Chiron ich muss gestehen, das mir dein Erscheinungsbild sehr gut gefällt. Ich will nicht groß nachhaken, aber es wäre sehr nett, wenn du mich auf deinem Weg nachhause, aufklären würdest."
„Kein Problem! Ungefähr fünfzehn Minuten Ritt zu Pferd und dann sind wir da. Außerdem kennst du den Weg. Es hat sich außer der Zeit und ein paar baulichen Veränderungen nicht sehr viel geändert."
„Oh mein Gott! Jetzt darf ich noch reiten! Was tu ich mir nur an! Was wird deine Frau sagen?"
„Du wirst einfach mitspielen und gut ist es!"
Ich war sprachlos.

Nun sollte ich auch noch großes Theater geben.
Während Chiron die Pferde besorgte, gesellte sich der Schmied zu mir und verwickelte mich in ein Gespräch. Ich bekam ganz nebenbei untergebuttert, dass Chiron einer der schlimmsten Schwerenöter in Bezug auf die Damenwelt hier im weitläufigen Umkreis der Provinz war. Ich musste meinem redseligen Informanten in die Hand versprechen, den Mund zu halten und er würde mich dafür immer auf dem Laufenden halten.
Unfassbar!
Chiron kam zurück.
Er half mir beim Aufsitzen, nachdem ich mehrmals auf der anderen Seite vom Pferd gerutscht war. Was würde mich noch alles an Überraschungen erwarten!
Auf dem Ritt zu seinem Anwesen erklärte er mir, dass im Dorf heute Abend ein Fest stattfinden würde und das schönste Mädchen der Umgebung mit ihm eine heiße Nacht verbringen durfte.
Ich war geschockt!
„Wie bitte? Du bist verheiratet und nimmst dir einfach das Recht, mit einer Anderen schlafen zu dürfen? Was meint deine Frau dazu?"
„Nichts! Es ist Brauch hier! Meine Ehe ist zweckmäßig wie alles in dieser Zeit!"
„Chiron! Du darfst nicht denken, dass ich einfach so zugucke, wie du mit einer anderen dein Lager teilst! So haben wir beide nicht gewettet! Es reicht bereits, dass du eine Frau hast! Wie stellst du dir das alles vor?"
„Es wird schon nicht so schlimm werden und du wirst die Situation mit Bravour meistern. Es ist Tradition und ich erkläre dir später weshalb. Was mich erstaunt ist, dass du den Eindruck bei mir erweckst, auf meine Frau in dieser Zeit extrem eifersüchtig zu sein", gab er einen Seitenblick auf mich werfend, grinsend von sich.

„Bilde dir nur nichts darauf ein! Ich bin diejenige, die sich mit dieser unzumutbaren Angelegenheit befassen muss und nicht du! Im Gegensatz zu mir, kennst du dich hier bestens aus! Ich hingegen laufe wieder einmal voll gegen die Wand!"
Chiron lachte.
„Das bist du doch gewohnt, Caer!"
Wütend schnalzte ich mit der Zunge, trat dem Pferd in die Flanken und galoppierte auf die Bäume vor mir zu. Der Wald war spärlich mit Baumstämmen bestückt. Kahle Zweige und Äste umgaben mich und raschelten im Wind. Da vernahm ich das Trommeln von Hufen. Chiron folgte mir. Ich duckte mich, so tief es nur ging, drängte das Pferd bestimmend in eine Gruppe von Kiefern, überquerte einen kleinen Bach und machte mich eilig daran, einen riesigen Brombeerstrauch zu umrunden. Mein Umhang verfing sich in den Dornen, ich riss ihn los, verletzte mich dabei leicht an der Hand und lenkte mein Pferd um den Strauch herum. Als ich aufblickte, sah ich mich Chiron gegenüber.
Er bog sich vor Lachen.
Als er meinen verzweifelten Blick sah, wurde er ernst.
„Diesmal war es wohl ein Beerenstrauch und keine Wand. Hast du dir sehr wehgetan?", fragte er besorgt und ritt auf mich zu.
Ich schüttelte den Kopf.
„Außer ein paar Kratzer nichts Ernsthaftes. Danke der Nachfrage. Ich hoffe du hattest deinen Spaß! Können wir jetzt weiterreiten?"
Er nickte.

Kurze Zeit später erreichten wir sein Anwesen und er stieg ab.
„Du kennst dich ja aus!"

Ich blickte mich genau um. Es ähnelte dem aus der Zeitära, die wir verlassen hatten und schien in all den nachfolgenden Epochen, an- und umgebaut worden zu sein.
Unbeholfen stieg ich vom Pferd. Chiron, der mir zur Hand gehen wollte, umfasste meine Hüfte und half mir festen Grund unter den Füßen zu bekommen. Langsam drehte ich mich um. Da ich zwischen dem Pferd und ihm verharrte, mich deshalb nicht bewegen konnte, nutzte er die Gelegenheit und zog mich an sich. Ich schluckte, mir wurde ganz anders und mein Herz schlug wieder einmal bis zum Hals. Wir blickten uns direkt in die Augen. Chiron grinste mich frech an und drückte mir ungefragt einen Kuss auf die Lippen. Ich versuchte mich ihm zu entwinden und er ließ nur widerwillig los.
„Ach! Sieh mal an! Der gnädige Herr erscheint auch wieder! Wo hast du dich herumgetrieben? Und schon hat er mir ein neues Flittchen mitgebracht! Nur merke dir eines, heute Abend werde ich mit ins Dorf gehen und dir einen gehörigen Strich durch deine Rechnung machen! Ich bin es entgültig leid und werde deine immer wieder kehrende Triebhaftigkeit auf gar keinen Fall unterstützen! Wie heißt diese lausige Schlampe? Flittchen!", brüllte eine Stimme aus dem Hintergrund.
Ich zuckte zusammen und blickte in die Richtung, wo ich seine Frau vermutete.
Chiron stöhnte genervt auf und schob mich sanft von sich.
„Caer ist weder eine Schlampe noch ein Flittchen! Ich habe dir schon einmal paar Mal angeraten, deine lose Zunge im Zaum zu halten! Abigail, bis jetzt konntest du dich sicherlich nie ernsthaft beschweren! Ich bin meinen ehelichen Pflichten immer nachgekommen!"

„Ha! Mehr schlecht als recht! Mal sehen wie lange du es diesmal aushältst! Hätte ich doch nur auf meinen Vater gehört! Er hatte mich vorgewarnt, dass du nur ein arroganter, großmäuliger Schlappschwanz bist! Wie lange gedenkt dein Liebchen zu bleiben? Wo wird sie schlafen?", erboste sie sich.
Ich starrte entsetzt zwischen beiden hin und her.
Mein Entschluss stand fest.
Unter diesen Umständen und mit der Gewissheit, dass ich für sie eine Rivalin war, würde ich sicherlich keine Sekunde länger bleiben.
„Sie brauchen keine Bedenken zu haben, Madam. Ich werde in diesem Anwesen draußen im Moor schlafen. Es gehört weitläufiger Verwandtschaft. Ihr Gatte hat sich freundlicherweise dazu bereit erklärt mir den Weg zu weisen. Ich bin fremd und für jede Hilfe dankbar", entkräftete ich die Situation.
Chiron schaute mich mehr als entgeistert an und seine Frau wurde eine Spur freundlicher, während sie ihm weiterhin giftige Blicke zuwarf.
„Oh! Wenn ich sie mir etwas genauer ansehe, besteht eine gewisse Ähnlichkeit! Sie sind also die Enkelin der Moorhexe? Ihre Großmu....."
„Schluss jetzt mit diesem Geplänkel, Frau! Caer wird hier im Hause bleiben und mit uns Tisch und Bett in angemessener Weise teilen! Auch mit mir! Du wirst es akzeptieren müssen, weil ich es so beschlossen habe!"
„Nein! Ich werde auf keinen Fall hier blei...."
„Ruhe, ihr Weibsbilder! Ich möchte keine Widerworte mehr hören! Habt ihr das verstanden!", kam es barsch.
Ich zuckte zusammen.
Seine Frau, die immer noch in der Eingangstür stand, verließ wütend das Haus. Mit Nachdruck fiel die Tür ins Schloss.

Chiron wandte sich zu mir. Diesen Blick kannte ich, wenn ihm etwas nicht passte.
„Und nun zu uns beiden! Wage es nie mehr, mir ins Wort zu fallen oder eine meiner Befehle zu ignorieren! Ich bin der Herr im Hause und in dieser Epoche läuft alles anders, als du es bisher kennst! Hier sind Frauen dem Manne Untertan! Hast du dies verstanden Caer?!"
Ich war geschockt und brauchte einige Zeit um ihm zu antworten.
„Ja! Nur scheint in dieser Zeit deine Ehefrau das noch nicht realisiert zu haben! Sie führt sich auf, wie eine emanzipierte Amazone! Bring mich in mein Zimmer! Eines mache dir jetzt von Anfang an klar! Sprich nicht noch einmal so mit mir in diesem Ton, denn ich bin weder deine Frau, noch deine Leibeigene! Ich werde versuchen, mich den hiesigen Gepflogenheiten und deinen Wünschen anzupassen, bis zu einem gewissen Grad! Mehr nicht! Du hast dich, seit wir in deiner Zeit weilen, zum Nachteil entwickelt! So werden wir beide keine Freunde! Ich habe genug gelitten! Es reicht!"
„Du weißt wo deine Zimmer sind! Oben! Es hat sich so gut wie nichts an diesen Räumlichkeiten verändert! Nun geh!", herrschte er mich an und öffnete die Tür.
Ich machte auf dem Absatz kehrt und betrat die Halle des Hauses. Er folgte mir eilig nach und hielt mich am Arm zurück. Schweigend blickte ich ihm in die Augen.
„Was willst du noch?", fragte ich nach.
„Eines wollte ich noch klarstellen! Freunde werden wir allemal, denn ohne mich bist du hier verloren! Ich bin der Boss und es wird befolgt, was ich anordne! So weit dein Blick reicht, es gehört alles mir!"
Ich lachte kurz auf.
„Nur mit einem feinen Unterschied mein Lieber, dass ich niemals dein Eigentum sein werde und dir nicht

gehöre! Ich bereue es bereits, hierher gekommen zu sein! Kann ich gehen oder gibt es außer Befehlen von deiner Seite, noch etwas Wichtiges zu sagen?"
Er schüttelte mit dem Kopf und gab mich frei.
Fassungslos machte ich mich auf den Weg nach oben. Mein Zimmer war für die damalige Zeit, sehr einfach ausgestattet und auf den zweiten Blick stellte ich fest, dass die Annehmlichkeiten dieser Zeitära nicht denen aus meiner entsprachen. Das angrenzende Bad fehlte und war hier eine Abstellkammer. Ich hatte ein riesiges Schlafzimmer zur Verfügung, dass wohl später in zwei Zimmer geteilt worden war. Ein rustikales Bett war Mittelpunkt des Raumes. Ich grinste. In was war ich nur wieder hineingeraten. Der Kleiderschrank und alle anderen Einrichtungsgegenstände waren für diese Ära zweckmäßig. Stöhnend ließ ich mich rücklings auf das Bett fallen, was erstaunlicherweise sehr weich gefedert war. Chiron schien auch in dieser Epoche sehr auf das leibliche Wohl und sehr viel Komfort zu achten. Ich schloss meine Augen und dachte nach. Konnte ich den Bräuchen dieses Jahrhunderts überhaupt gerecht werden? Was war der eigentliche Grund, warum mich Chiron wieder so schäbig behandelte? Wie verhielt es sich mit der Verwandlung in einen Werwolf? Er hatte in dieser Zeit bereits mit dem Fluch kämpfen müssen! War dieses Fest etwa so gedacht, dass er die schönste Maid als Opfer mit nachhause nehmen durfte? Wusste seine Frau eigentlich, was er für ein Geheimnis hatte? War ich in ein Nest voll Werwölfe geraten? Was war mit Chirons Freunden? Würde ich ihnen hier ebenfalls begegnen? Verheimlichte er mir etwas?
Meine Gedanken überschlugen sich wieder einmal.

„Caer! Aufwachen! Wir haben noch ein paar Dinge zu besprechen!"
Unsanft wurde ich geschüttelt und schrak hoch.
Desorientiert blickte ich mich um.
„Mein Gott! Bin ich etwa eingeschlafen?"
„Ja! Wie ich sehe, fühlst du dich sichtlich pudelwohl hier und hast dich eingewöhnt", gab Chiron lachend von sich.
Bevor ich eine Antwort geben konnte, drückte er mich ins Kissen zurück, beugte sich über mich und schaute mir tief in die Augen.
Ich wurde unruhig.
Verwirrt runzelte ich meine Stirn.
„Was soll da.....", weiter kam ich nicht.
„Psssst!", kam es von seiner Seite.
Bevor ich etwas von mir geben oder mich überhaupt rühren konnte, hielt er meine Arme fest und küsste mich ungefragt und fordernd auf den Mund.
Ich erstarrte für einen Moment, dachte kurz an seine Frau und gab mich dann seinen intensiven Küssen hin.
Chiron nahm sich einfach was er wollte.
Wir waren so intensiv miteinander beschäftigt, dass es bereits zu spät war, als Abigail uns entdeckte.
„Ich habe es doch gewusst, dass sie ein dreckiges und verdorbenes Flittchen ist und sich jedem hingibt! Raus aus dem Bett und meinem Haus! Scher dich dahin, wo du hergekommen bist du elende Schlampe und lass endlich meinen Ehemann zufrieden!", brüllte sie mich an und verkrallte sich in meinen Haaren.
Ich schrie auf.
Chiron ging sofort dazwischen und riss Abigail zurück.
„Verdammt! Es reicht jetzt! Du kommst sofort mit mir nach unten in die Küche! Wir haben miteinander zu reden! Ich hatte dich ein paar Mal gewarnt, Abigail!

Und du kommst später nach, Caer! In deinem Schrank hängen Kleider zu deiner persönlichen Verfügung! Ich möchte, dass du dir ein passendes für den heutigen Abend aussuchst und dich zurecht machst!", gab er die Anweisung.
Kurz darauf, war er mit seiner keifenden Ehefrau im Schlepptau, in die untere Etage verschwunden.
Beide stritten noch eine zeitlang und dann herrschte Ruhe.
Ich war völlig geschockt, zu keiner Regung fähig und meine Kopfhaut schmerzte nach diesem Übergriff. So etwas wollte ich nicht noch einmal erleben und Chiron wurde mir mit seinem eigenartigen Verhalten langsam fremd.
Ich stand auf, öffnete den Kleiderschrank und staunte nicht schlecht über den Inhalt. Er bot alles, was eine Frau so liebte und gerne besaß. Chiron schien wirklich etwas Besonderes in dieser Zeit zu sein und er musste einen hohen Status besitzen. Während ich die Kleider anprobierte, die komischerweise auch alle in meiner Größe passten, fragte ich mich, woher er eigentlich gewusst hatte, dass ich auftauchen würde? Je mehr ich darüber nachdachte und mir verzweifelt meinen Kopf über sein eigenartiges Verhalten zerbrach, umso wirrer wurde alles. Genervt gab ich auf und würde ihn später zur Rede stellen. Jetzt konzentrierte ich mich darauf, dass ich am heutigen Abend einigermaßen ein Kleid fand, was zu diesem Anlass passte und welche Frisur ich dazu tragen konnte.
Nach einer Stunde war ich perfekt eingekleidet und begab mich auf den Weg in die Küche. Außer Abigail fand ich niemand. Ich bereitete mich bereits auf den nächsten Eklat mit ihr vor, doch komischerweise war sie äußerst freundlich und zuvorkommend.

„Möchtest du einen Tee?", fragte sie.
„Gerne, wenn es nicht zuviel ausmacht. Ich kann ihn mir auch selbst zubereiten", entgegnete ich.
Sie stand wortlos auf, schenkte mir ein Tasse voll und reichte sie mir. Ich griff danach, doch kurz davor ließ Abigail sie grinsend fallen und fing zu schimpfen an. Es folgten ein Teller und die Zuckerdose.
„Ich kann gerne so weitermachen!", giftete sie.
Ich starrte sie entsetzt an und da wurde mir schlagartig klar, auf was sie hinaus wollte. Chiron sollte denken, dass ich einen Streit angefangen und mit Geschirr um mich geworfen hatte.
Dieses scheinheilige Miststück!

Wütend verließ ich den Küchentrakt und lenkte meine Schritte unbewusst Richtung Wintergarten.
Das Einzige auf was ich stieß, war eine blanke Mauer.
Erschrocken zuckte ich zurück.
Schnell begriff ich, dass der Wintergarten noch nicht angebaut worden war.
Ich fluchte vor mich hin.
„Na, Caer? Wieder einmal vor die Wand gelaufen?", fragte Chiron lachend nach.
Ich drehte mich in seine Richtung, fand sein Verhalten unpassend und präsentierte den Stinkefinger, was ihn noch mehr zum Lachen veranlasste.
Mittlerweile war die Situation, in der ich mich befand, nicht mehr witzig. Ich wusste gar nichts über diese Zeit und er machte sich noch lustig über mich.
„Ja, Chiron! Ich bin wieder vor eine Wand gelaufen! Wer den Schaden hat, braucht für den Spott nicht zu sorgen! Danke, dass du mich weiterhin im Unklaren lässt! Wie soll ich mich denn so in deiner Welt zurecht finden?"; fragte ich nach.

Langsam kam er auf mich zu, musterte mich von oben bis unten und dann kam wieder einer seiner blöden Sprüche.
„Scharf siehst du aus! Ich freue mich schon auf heute Abend!"
Wütend stampfte ich auf.
„Chiron! Verdammt noch einmal! Ich habe Fragen an dich! Weshalb passen mir diese Kleider und woher wusstest du, dass ich mitkommen würde? Ich möchte jetzt eine Antwort von dir hören und keine Lügen! Dies hatten wir bereits und ich kann darauf verzichten! Also?"
„Ich war schon einmal hier und habe vorsorglich alles bereitgestellt. Du erinnerst dich sicherlich noch an die Situation, als ich während des Geburtsvorganges nicht helfen konnte. Die Druiden! Von ihnen hatte ich den Auftrag. Sie wussten bereits im Gegensatz zu mir, dass du freiwillig mitkommen würdest! Diese Entscheidung hast du auch getroffen!"
„Druiden! Druiden! Verdammt! Es scheint mir so, als wenn ihr euch alle gegen mich verschworen habt! Ich hasse euch! Und du findest das alles noch lustig!"
Bevor ich weitere Informationen von ihm bekommen konnte, erschien Abigail.
„Hier bist du also? Ich habe überall nach dir gesucht. Ich muss mich mit dir ernsthaft unterhalten, Chiron. Hast du ein paar Minuten für mich Zeit?", flötete sie.
Er nickte, warf mir noch einen Blick zu und folgte ihr nach.
Ich wusste was sie vorhatte!
Deprimiert verzog ich mich auf mein Zimmer und legte mich etwas hin. Mir war nach Heulen zumute und nicht nach Feiern. Wie es meinen Kindern wohl erging? Seit ich hier angekommen war, hatte ich nur an

sie gedacht. Chiron jedoch, schien dies alles nicht zu interessieren, denn er war wieder in seiner gewohnten Umgebung. Tränen schossen mir in die Augen und ich ließ ihnen freien Lauf. Hätte ich mich doch nur nicht auf seinen Vorschlag eingelassen, ihm zu folgen.
Plötzlich erfüllte ein Rauschen den Raum. Ich schrak hoch und blickte mich um. Schemenhaft erkannte ich die Druiden und einer reichte mir einen Zettel zu. Ich nahm ihn entgegen. Bevor ich weitere Fragen stellen konnte, waren sie verschwunden. Irgendwie war es ihnen gelungen kurzfristig zu erscheinen.
Auf dem Papier standen nur ein paar kurze Sätze. Wie es schien, ging es den Kinder gut. Ich eilte nach unten um Chiron die Nachricht zu übermitteln, wurde aber ausgebremst, da Abigail anwesend war und mich nicht aus den Augen ließ. Also musste ich auf einen anderen günstigen Moment warten. Würde sie erfahren, dass er Kinder mit mir hatte, käme es zu Mord und Totschlag.
Chiron würdigte mich keines Blickes.
Was hatte seine Frau erzählt?
Ich blickte sie durchdringend an und erntete ein fieses Grinsen von ihr.
Diese Hexe!
„Chiron, erlaubst du mir, dass ich mich in dein kleines Reich zurückziehe? In die Bibliothek?"
„Wieso kennst du dich eigentlich so genau in unserem Hause aus? In diese Bibliothek darf selbst ich nicht!", fragte Abigail lauernd nach.
Ich blickte in Chirons Richtung und bemerkte seinen warnenden Blick.
Beinahe hätte ich mich verraten.
„Auskennen? Ich? Hier? Nein! Ich dachte nur, dass es in einem großen Anwesen wie dem hier, sicher auch eine Bibliothek geben muss!"

„Nun hör sich doch einer dieses Flittchen an? Tut so als wenn sie gebildet wäre und lesen könnte!"
Bevor ich antworten konnte, mischte sich Chiron ein.
„Hört denn die ewige Streiterei nicht auf? Schluss jetzt ihr beiden! Abigail du hast doch sicher noch einiges zu tun! Caer und du kommst mit in den Stall! Die Pferde versorgen! Da kommst du auf andere Gedanken! Und eines merke dir gut, die Bibliothek ist für dich tabu!"
Er stand auf, eilte auf mich zu und schob mich grob aus dem Raum.
Ich wurde wütend und schlug ihm die Hand weg.
„Fass mich nicht an! Hier eine Nachricht, falls sie dich überhaupt interessiert! Die Druiden haben sie mir vor ein paar Minuten zugesteckt! Lies!"
Ich reichte ihm die Botschaft.
„Na, dann ist soweit ja alles in Ordnung!"
Unbeeindruckt reichte er mir den Zettel zurück.
„Mehr fällt dir dazu nicht ein? Ich glaube es nicht!"
Wütend warf ich ihm das Stück Papier ins Gesicht und drehte mich auf dem Absatz herum.
Nur weg hier, bevor ich die Beherrschung ganz verlor!
Ich eilte durch die Vorhalle, riss die Haustür auf und eh ich mich versah, prallte jemand mit mir zusammen. Erschrocken schrie ich auf.
„Tom?!", mehr brachte ich nicht hervor.
„Schön dich endlich zu sehen. Wie es scheint, hat sich zwischen euch Streithähnen so gut wie nichts geändert und keiner bleibt dem anderen etwas schuldig. Was ist diesmal der Grund?", fragte er lachend nach.
„Frag am besten Chiron! Ich muss etwas an die frische Luft, damit ich wieder herunterkomme. Für heute ist mein Bedarf abgedeckt! Falls ihr mich sucht, ich bin in den Stallungen."
Tom gab den Weg frei und Chiron rief mir hinterher.

„So warte doch! Ich wollte dich begleiten! Oh Mann, verstehe einer diese Weiber! Schön das du gekommen bist Tom! Es war wohl doch keine so gute Idee, dass Caer mir freiwillig hierher nachfolgte. Sie weiß, dass ich verheiratet bin und seitdem eskaliert alles."
„Was hast du denn erwartet? Die Kinder sind weg! Du bist liiert und sie muss tatenlos zusehen! Einige miese Gestalten aus der Anderswelt sind dauerhaft hinter ihr her! Sie muss ihre Schwester und dieses Chronoskop finden! Chiron, ich denke du weißt genau, was für eine Verantwortung sie zu tragen hat! Ich würde da auch nicht anders reagieren! Sie leidet und zeigt es auf ihre Art! Ich werde mit ihr reden", gab Tom zurück und folgte Caer nach.
Kurze Zeit später hatte er sie eingeholt.
„Caer? Erlaubst du mir ein paar Fragen?"
Ich nickte.
„Kann mir schon denken um was es geht. Was willst du wissen?"
„Bist du glücklich mit der Situation in der du dich im Moment befindest?"
„Nein und ich kann es auch nicht ändern! Es ist wie es ist! Wusstest du, dass Chiron heute nach dem Fest, die schönste Frau mit nachhause nehmen kann und sich mit ihr vergnügen darf."
Tom begann zu lachen.
„Wer hat dir denn diesen Schwachsinn erzählt? Es ist ein ganz normales Fest und nichts weiter! Typisch für Chiron! Auweia, da hat er dich aber ganz schön an der Nase herumgeführt. Wie naiv bist du denn?"
Ich wurde bis unter die Haarspitzen rot.
„Damit ist ab heute Schluss, Tom! Ich danke dir und hoffe du kommst auch auf dieses Fest!"
Er nickte und verabschiedete sich.

Wütend auf mich selbst und darauf, dass Chiron mich für ein bisschen doof hielt, suchte ich meine Räume auf.
Die Zeit bis zum Aufbruch zog sich wie Gummi und der Umstand, dass ich mich in meinem Zimmer selbst isolierte, nervte mich von Minute zu Minute. Ich fasste einen Entschluss und machte mich auf den Weg nach unten in die Küche. Auf der Treppe wurde ich Zeuge eines lautstarken Streits zwischen Abigail und Chiron. Es ging um den heutigen Abend und darum, dass ich mit von der Partie war. Seine Frau lästerte übelst über mich ab und ließ kein gutes Haar an mir. Sie schwor ihm, wenn ich nicht bald verschwinden würde, dass sie mich bei der hiesigen Inquisition melden würde. Ein Tipp genügte und ich würde als Hexe an den Pranger gestellt. Ich erschrak, denn bis jetzt war mir nicht bewusst geworden, dass ich mich mehr oder weniger im tiefsten Mittelalter befand. Abigail wurde langsam aber sicher zu einem Gefahrenpotential für mich. Alles nur aus dem einzigen Grund, Chiron wieder zurück zu gewinnen. Wusste sie, was sie damit anstellte? Auch er würde in diesem Fall gefährdet sein und man würde ihn des Ehebruchs bezichtigen, nur damit er mit einer Hexe buhlen konnte. Im Zweifelsfall würde auch er auf dem Scheiterhaufen landen. Verzweifelt starrte ich in seine Richtung. Für Chiron wäre es äußerst passend gewesen, in diesem Moment seine Frau aufzuklären um was es eigentlich ging. Nichts dergleichen geschah und ich war wieder einmal enttäuscht.
Als beide meine Anwesenheit bemerkten, verstummte Chiron zuerst. Abigail drohte mit der Faust in meine Richtung und verließ wütend das Haus. Donnernd fiel die Tür ins Schloss. Schweigend standen wir uns eine zeitlang gegenüber, bevor er zu sprechen begann.

„Tut mir leid, dass du diesen unausweichlichen Streit miterleben musstest."
„Dem du auch nicht im geringsten entgegengearbeitet hast!", ergänzte ich.
„Mein Gott, sie ist nun einmal meine Frau!"
„Die ich wohl nie sein werde", konterte ich erneut.
„Caer!"
„Lass es gut sein, Chiron! Wenn Abigail ihr Vorhaben wirklich in die Tat umsetzt und du nicht versuchst sie konsequent daran zu hindern, kann es sich für dich genauso negativ auswirken. Mit ihrer Eifersucht macht sie mehr kaputt und erreicht das Gegenteil von dem, was sie beabsichtigt, nämlich dich zu halten. Du musst ihr das unwiderruflich klar machen! Nun zum Thema zurück. Eigentlich wollte ich von dir wissen, um was es sich im wesentlichen Sinne bei diesem Fest heute Abend handelt. Tom hat mich extrem ausgelacht, als ich deine Geschichte erzählte. Chiron, für wie blöd hältst du mich eigentlich? Oder ist alles wahr und Tom wollte mich nur beruhigen."
Er grinste.
„Also gut! Bevor du dir weiterhin Gedanken machst und deinen hübschen Kopf strapazierst und unnötig zerbrichst, gebe ich dir einen Tipp. Wir verehren heute Carman, die irische Festgöttin, welche die Natur- und Bodenkräfte verkörpert. Obwohl sie einst eine große Zauberin war, wurde sie von den Tuatha de Danann gefangen genommen und ihre Zauberkräfte gebannt. Zu ihrer Verehrung wird die schönste Frau oder das schönste Mädchen gewählt und darf, wenn sie möchte, mit dem reichsten Mann eine Nacht verbringen, egal ob er verheiratet ist oder nicht. Dieses Mal hat das Los mich getroffen. Da ich mein gutes Gesicht vor allen hier wahren muss, habe ich natürlich angenommen."

„Und das soll ich dir jetzt glauben? Ich habe aber ganz andere Informationen! Du scheinst auch sonst jungen Damen gegenüber kein Kostverächter zu sein! Ach, was soll´s! Vergiß es einfach!"
Ich ließ ihn stehen und verschwand wieder nach oben. Warum regte ich mich auf. Irgendwann würde ich das Chronoskop in meinen Händen halten und der ganze Spuk hatte ein Ende.

Gegen Abend ritten wir zu dritt ins Dorf zurück. Seine Ehefrau hatte mich im Laufe des Tages weiterhin spüren lassen, dass ich unerwünscht in ihrem Anwesen war. Ihre Aktionen mit Absicht einige Dinge fallen zu lassen und es auf mich zu schieben, nur um Chiron damit gegen mich aufzubringen, war misslungen. Zum Glück blieb er neutral. Allerdings konnte ich sehr gut nachvollziehen, warum Abigail sich derart verhielt und schämte mich für sein Verhalten in Grund und Boden. Welche Ehefrau erduldet schon das Betthäschen ihres eigenen Mannes im Haus. Keine!
Stillschweigend ritt ich hinter den beiden her, die sich angeregt miteinander unterhielten. Mich schien man völlig vergessen zu haben. Ich litt. Morgen würde ich mich in der Umgebung genauer umsehen und kundig machen. Einen Verbündeten hatte ich bereits. Den Schmied des Dorfes. Wenn ich ihm ein paar schöne Augen machen würde, konnte ich sicherlich einiges in Erfahrung bringen.
Ich musste unbedingt ins Moor.
Als wir kurze Zeit später das Dorf erreichten, wurde bereits gefeiert.
Während Chiron seiner Frau noch vom Pferd half, zog ich es vor, schnellstens zu verschwinden. Eilig rutschte ich aus dem Sattel.

Suchend schaute ich mich um.
Einige Mädchen des Dorfes rannten lachend an mir vorbei und winkten mir zu, ihnen zu folgen.
Ich zögerte.
Wenn ich allerdings meine Umgebung genauer kennen lernen wollte, musste ich meine Passivität, jetzt sofort ablegen. Neugierig geworden, eilte ich hinter der Schar her. In der Scheune wurde bereits fröhlich gefeiert und in Nullkommanichts wurde ich von den Burschen des Dorfes umringt und mit Komplimenten überschüttet. Es schien sich bereits herumgesprochen zu haben, was für einen Goldschatz Chiron mitgebracht hatte.
Die irische Folkloremusik hatte mich in ihren Bann gezogen und kurze Zeit später, war ich inmitten des Geschehens. Man reichte mich von einem Tänzer zum anderen und ich hatte meinen Spaß dabei. Chiron ließ mich kaum aus den Augen und achtete peinlich genau darauf, dass mir keiner der Männer zu nahe auf die Pelle rückte. Na, dass konnte heute noch interessant werden. Mir kam es so vor, als wenn es ihm überhaupt nicht in den Kram passte, dass ich heftig umschwärmt wurde.
Während einer kleinen Tanzpause schritt er auf mich zu, packte mich fest am Oberarm und bugsierte mich in eine dunkle Ecke der Scheune, wo uns keiner sehen konnte.
Ich folgte widerwillig und versuchte mich aus seinem harten Griff zu winden.
„Caer! Hör auf damit, die Männer verrückt zu machen! Alle sind bereits auf dich fixiert! Mir gefällt das nicht!"
Ich lachte amüsiert auf.
„Ob dir das nun gefällt oder nicht, interessiert mich in keiner Weise! Ich bin unverheiratet und kann machen, was ich möchte! Du jedoch bist verheiratet und hast

eine Xanthippe der besonderen Art an deiner Seite. So spielt eben das Leben. Dumm gelaufen für dich und nimm deine Finger von meinem Oberarm! Sicher habe ich bereits blaue Flecken. Ich bin nicht dein Eigentum! Geselle dich zu deiner Frau, wo du auch hingehörst! Sie vermisst dich sicher schon!"

Er ließ mich los und bevor ich ein weiteres Wort von mir geben konnte, drückte er mich an die Wand. Seine Hand griff in mein Haar. Dann zog er meinen Kopf in Richtung seines Mundes und küsste mich energisch. Er ging nicht gerade zimperlich vor und ich hatte das Gefühl, dass er anschließend seine Finger zur gleichen Zeit an verschiedenen Stellen meines Körpers hatte. Obwohl ich mich vehement sträubte, gelang es mir nicht, mich aus dieser Umklammerung zu lösen. Ich ließ es einfach still über mich ergehen um nicht die Aufmerksamkeit der Dorfgemeinde auf uns zu lenken. Ich zeigte ihm gegenüber keinerlei Gefühlsregung und war extrem wütend.

„Verdammt Caer! Nun stell dich nicht so an und spiel jetzt nicht die Unschuld vom Lande! Es ist vielleicht die einzige Chance, dass wir uns für lange Zeit näher kommen!"

„Nicht so und nicht hier! Ich bin kein Stück Vieh, das man nach Bedarf besteigt und besamt, Chiron!"

Er hielt kurz inne und blickte mich entgeistert an.

„Harte Worte, Caer!"

Ich lachte.

„Die dürften eigentlich das Tier in dir nicht sonderlich schockieren!"

Chiron warf mir einen angesäuerten Blick zu, stieß mich beleidigt weg und eilte zurück.

Ich seufzte erleichtert und schloss die Augen. Das war gerade noch einmal gut gegangen.

Was bitte dachte Chiron sich eigentlich bei solchen Aktionen.
Kurz darauf vernahm ich meinen Namen.
Es war Tom und ich war froh, ihn in diesem Moment zu sehen. Er stand neben Chiron und wechselte ein paar Worte. Ich winkte. Er hatte sein Versprechen mir gegenüber gehalten, am Fest teilzunehmen und kam nun auf mich zu.
Ich blies einige durcheinander geratenen Haarsträhnen aus dem Gesicht und ordnete umständlich mein Kleid.
„Na, Caer? Siehst etwas verschwitzt aus! Chiron geht es nicht viel besser. Er ist gerade mit hochrotem Kopf an mir vorbeigerauscht. Wie geht es dir?"
„Noch dämlicher kannst auch nur du fragen! Wie soll es mir denn nach diesem Übergriff von Chiron gehen? Ich bin froh, dass du aufgetaucht bist! Wer weiß, was er sonst mit mir angestellt hätte."
Tom blickte mich unverständlich an. Schnell war die Geschichte erzählt.
„Reagierst du nicht etwas über, Caer? Chiron ist doch der Mann schlechthin an deiner Seite. Ich denke mir die momentane Situation, sich zwischen zwei Frauen zu entscheiden, macht ihm ziemlich zu schaffen."
„Kommt es euch Männern ab und zu auch mal in den Sinn, wenn wir Frauen *Nein* sagen, dass dies auch so gemeint ist? Er benimmt sich seitdem wir hier vor Ort sind, einfach nur unmöglich! Zum Glück hat das alles bald ein Ende!"
„Wie meinst du das jetzt? Hast du etwa vor Chiron zu verlassen? Überleg dir das gut! Denk an die Kinder!"
Ich schluckte.
„Sobald ich dieses Chronoskop in Händen halte, weißt auch du, was dann passiert! Die Zeitebenen die sich in meiner Ära überlappen, werden sich verschließen und

alles wird so sein wie davor! Es hat euch nie gegeben und meine Erinnerung wird gelöscht sein!"
„Caer! Tu es nicht! Was wird aus den Kindern, deiner Schwester und den verlorenen Seelen die immer noch in der Anderswelt verweilen und auf Rettung hoffen? Es gibt eine weitere Lösung! Wenn es soweit ist, wirst du erkennen, was ich meinte. Nun komm und lass uns die Feier noch etwas genießen."
Ich nickte und folgte Tom zum Fest zurück.
Kurze Zeit später, gesellte sich Chiron mit Abigail zu uns. Er flüsterte Tom etwas ins Ohr, dieser nickte und verschwand mit Abigail auf die Tanzfläche.
Chiron räusperte sich, bevor er sich an mich wandte.
„Verzeih mir bitte! Ich wollte dir nicht zu nahe treten, geschweige dich so hart anpacken, Caer. Ich vermisse deine Nähe und unsere vertraute Zweisamkeit. Und du hast mich nicht wie einen Werwolf, sondern wie einen normalen Menschen behandelt. In meinem ganzen verfluchten Leben, hat das nie jemand für mich getan. Ich war für andere immer nur eine hässliche Kreatur."
„Chiron, hör auf, dich dauerhaft zu entschuldigen. Es geht darum, dass ich mit der gegebenen Situation nicht zurechtkomme. Solange ich hier verweilen muss, bitte ich dich nur um eines, rühr mich nicht an und geh mir aus dem Weg. Du bist verheiratet und somit ein tabu für mich. Ich kann nicht und bitte um Verständnis."
Nach meinen Worten, herrschte lange Zeit Schweigen vor.
„Okay! Ich werde deinen Wunsch akzeptieren müssen! Eine Bitte habe ich jedoch an dich. Würdest du mir an diesem Abend einen Tanz schenken. Ich möchte dich in dieser Nacht noch einmal intensiv in meinen Armen spüren und mich zeitgleich bis auf eine unbestimmte Zeit von meinem Gefühl für dich, verabschieden."

Ich schluckte und suchte irgendetwas in seinen Augen, was ihn Lügen strafte.
Nichts!
Er meinte es ehrlich!
„Wenn es nur bei diesem einen Wunsch bleibt, werde ich ihn dir gewähren. Keine Tricks!"
Er nickte, reichte mir die Hand und ich folgte ihm auf die Tanzfläche. Seine Frau warf mir einen bitterbösen Blick zu. Chiron ging auf sie zu und flüsterte ihr etwas ins Ohr. Sie nickte, er kam zurück, zog mich in seine Arme und wir gaben uns tanzend der irischen Folklore hin. Unsere Gemeinsamkeit war nur von ganz kurzer Dauer, denn beim nächsten Lied, klatschte ihn seine Frau ab. Bedauernd blickte er mich an. Abigail warf mir einen triumphierenden Blick zu und warf sich ihm entgegen.
Viel Zeit zum Nachdenken hatte ich nicht, denn im gleichen Moment, wurde ich von einem der Burschen zu einer weiteren Tanzeinlage mitgerissen und Lied für Lied weitergereicht.
Endlich war es soweit und die Musik verstummte.
Von allen Frauen und Mädchen aus dem Dorf, sollte heute die Schönste erwählt werden. Die Männer riefen Namen auf und wie es der Teufel wollte, ausgerechnet meiner befand sich ebenfalls darunter. Ich wurde nach vorne gebeten. Widerwillig folgte ich dem Aufruf. Die Herren der Schöpfung diskutierten heftig.
Gespannt warteten alle auf das Ergebnis.
Mein Name fiel erneut.
Ich zuckte zusammen und glaubte erst, mich verhört zu haben.
Langsam ließ ich meinen Blick in Chirons Richtung schweifen.
Er grinste wissend, erhob sich und schritt auf mich zu.

Mir wurde schlecht.
Im Hintergrund hörte ich seine Ehefrau lautstark und ausfallend keifen. Er brachte sie mit kurzen Worten zur Räson und wandte sich wieder an mich.
„Nun Caer? Nimmst du diese Sitte an und verbringst eine Nacht mit mir?"
Er reichte mir erneut seine Hand.
Ich schaute ihm wütend in die Augen und wurde mir bewusst, dass er die Jury bestochen und sein Wort mir gegenüber gebrochen hatte.
„Nein! Ich werde mit euch diese Nacht auf keinen Fall verbringen! Weder diese, noch eine andere! Nicht mit dem Wissen, dass ihr verheiratet seid! Schämt ihr euch nicht?", gab ich von mir und schaute in sein erstauntes Gesicht.
Ein Raunen ging durch die Menge.
Ich drehte mich auf dem Absatz um und eilte hinaus.
So hatten wir beide nicht gewettet.
Mir kamen die Tränen. Gerade jetzt, wo sich alles zum Guten wenden sollte, geriet ich zwischen alle Fronten.
Ich hatte mir geschworen, nicht noch einmal so leiden zu müssen.
Ohne Ziel rannte ich los und fand mich irgendwann auf einem schmalen Weg wieder. Die Umgebung kam mir bekannt vor. Kurze Zeit später erreichte ich die Hütte im Moor. Unbewusst und unwissend, hatte ich intuitiv diesen Weg dorthin eingeschlagen.
Was sollte ich jetzt tun?
Bevor ich zu einer logischen Entscheidung kommen konnte, wurde ich brutal zurückgerissen.
Ich schrie auf und schlug wild um mich.
„Verdammt! Du lernst es einfach nicht oder willst es nicht lernen! Was hat dich dazu bewogen, einfach hier so aufzutauchen? Es ist zu gefährlich! Ich werde dich

die restliche Zeit im Haus einsperren müssen!", brüllte mich Chiron an.
Er schien mir gefolgt zu sein.
„Aber ich habe den Weg nicht bewusst eingeschlagen. Es war meine Intuition die mich hierher geführt hat. Ich stand plötzlich vor der Hütte. Warum ist es hier zu gefährlich? Du sprichst dauerhaft in Rätseln! Kannst du dich endlich entscheiden, mich aufzuklären? Und wage es ja nicht, mich gegen meinen Willen in deinem Haus einzusperren! Ich schwöre dir, ich mache euch beiden das Leben zur Hölle!", gab ich wütend zurück.
„Ich werde heute Abend sicher nicht mit dir darüber diskutieren, was du möchtest und was nicht! Entweder kommst du jetzt freiwillig mit zur Feier zurück oder ich schleppe dich eigenhändig dorthin. Du hast mich bereits zum Gespött der Dorfbewohner gemacht mit deiner Aktion! Es reicht!"
Ich lachte.
„Geschieht dir ganz recht! Was willst du denn dagegen unternehmen, wenn ich nicht freiwillig folge?"
„Das hier!"
Chiron packte mich und warf mich einfach wie einen Sack Mehl über seine Schultern. Er hielt eisern meine Beine fest. Ich konnte mich nicht mehr bewegen und fühlte mich wie in einem Schraubstock.
„Chiron! Wir hatten eine Absprache! Lass mich sofort herunter!"
Wütend schlug ich auf seinen Rücken ein und erntete nur ein belustigtes Lachen.
Kurz darauf stapfte er los und riet, dass ich mich ruhig verhalten sollte, sonst könne er für nichts garantieren. Ich schwieg und hielt es für ratsam seinen Worten und Anweisungen Folge zu leisten.

Auf dem Rückweg musste ich mir eine Strafpredigt anhören.
Meine erneute Hilflosigkeit ließ mich verzweifelt in Tränen ausbrechen und ich weinte still vor mich hin.
Kurze Zeit später erreichten wir das Dorf und wurden lachend und grölend von den Bewohnern empfangen. Sie riefen Chiron anerkennende Worte zu, das er mich eingefangen hatte und bestärkten ihn, mir eine heftige Tracht Prügel zu verabreichen.
Langsam setzte er mich auf dem Boden ab und hielt mich grob an den Schultern fest. Verzweifelt versuchte ich mich aus seiner Umklammerung zu lösen.
Mit gesenktem Kopf stand ich nun neben ihm und vermied gezielt jeden Blickkontakt in seine Richtung. Er durfte und sollte meine Tränen nicht sehen.
„Ich denke Caer wird bereit sein auf meine Frage die richtige Antwort zu geben! Wirst du diese Nacht mit mir verbringen?", gab er lautstark fragend von sich und tippte mich an.
Ich nickte nur ohne aufzublicken und alle wünschten ihm einen vergnügten Abend. Seine Frau hörte ich aus dem Hintergrund wütend aufschreien und mich aufs Übelste beschimpfen. Schweigsam ließ ich alles über mich ergehen.
„Abigail halt endlich deinen Mund! Du kommst heute Nacht auch noch zu deinem Recht! Ich hole jetzt die Pferde! Caer, ich denke du bist so intelligent, dass du nicht wieder verschwindest! Du kannst hier nicht weg! Begreife es endlich! Ich kläre dich später wegen dieser Hütte auf! Ein Ratschlag zur Güte! Bleib vorerst weg davon! Widersetzt du dich weiterhin, lernst du mich so richtig kennen! Bis gleich!"
Während er verschwand, eilte seine Frau auf mich zu.

„Na? Du hast gehört was mein Mann gesagt hat. Ich komme heute Nacht zu meinem Recht und das werde ich sehr ausgiebig nutzen. Danach wird er sicher keine Lust mehr auf dich haben!", gab sie boshaft von sich.
Um einem größeren Streit mit ihr aus dem Wege zu gehen, drehte ich mich um.
Hinterhältig versetzte sie mir einen Stoß.
Ich stolperte, fand keinen Halt und stürzte auf einen Stein. Ein stechender Schmerz durchzog mein Knie und ich schrie auf.
„Kann man euch Weiber denn keine Sekunde aus den Augen lassen? Was ist schon wieder los? Caer? Bist du verletzt?"
Ich nickte.
„Hier!", blaffte er seine Frau an.
Chiron drückte ihr die Zügel der Pferde in die Hand. Danach eilte er auf mich zu.
„Was ist passiert? Hast du Schmerzen? Wo?", fragte er und kniete sich zu mir.
Ich vermied jeglichen Augenkontakt und deutete auf die geschundene Stelle am Knie. Vorsichtig schob er mein Kleid nach oben. Seine Berührung löste eine Flut von Gefühlen in mir aus.
Nein!
Ich schlug ihm brutal die Hand weg.
„Nicht! Rühr mich nicht an! Ich werde es überleben! Du darfst mir beim Aufsteigen auf das Pferd behilflich sein! Und das war es auch schon für diesen Abend! Ich möchte jetzt schnell nachhause! Hilf mir hoch!"
Bevor ich reagieren konnte, hob er mein Kinn an und blickte sekundenlang in mein verheultes Gesicht. Ich erwiderte seinen Blick und fühlte mich völlig hilflos.
„Irgendetwas ist zwischen Abigail und dir vorgefallen! Was?", fragte er nach.

Ich gab keine Antwort und versuchte auf die Beine zu kommen. Er half mir. Humpelnd machte ich mich auf den Weg zu den Pferden. Abigail grinste mich gehässig an. Wütend riss ich ihr den Zügel aus der Hand und mühte mich verzweifelt, auf das Pferd zu kommen. Chiron unterstützte mich dabei und ich bedankte mich bei ihm.
„Caer ich……."
Barsch fiel ich ihm ins Wort.
„Halt die Klappe Chiron und geh zu deiner Frau!"
Wir ritten los.
Ich folgte bewusst mit großem Abstand.
Ab und zu warf Chiron einen Blick zurück um sich zu vergewissern, dass ich noch da war.
Ich musste trotz Schmerzen grinsen.
Endlich erreichten wir das Haus.
„Bis später mein Liebster und beeile dich! Du weißt was du mir während des Heimrittes versprochen hast! Ich kann es kaum erwarten, dich in meinen Armen zu spüren!", gab Abigail von sich und sprang vom Pferd.
Mit einem triumphierenden Blick in meine Richtung und lautem Lachen, verschwand sie im Haus.
Ich wusste, was das zu bedeuten hatte und versuchte schmerzfrei abzusteigen, was misslang. Schmerzerfüllt schrie ich auf und rutschte nach Halt suchend aus dem Sattel.
Chiron fing mich auf. Sanft umfasste er meine Hüften, zog mich an sich und stellte mich auf die Beine.
„Geht es oder soll ich dich ins Haus tragen?"
„Danke, aber ich werde es auch alleine schaffen. Nun geh endlich zu deiner Frau und löse dein Versprechen ein, bevor sie wieder keift."
„Das kann warten! Erst bist du an der Reihe! Vergiss nicht, ich habe dich gewonnen!"

„Chiron! Hör auf damit und lass es gut sein! Du darfst nicht denken, dass ich mit dieser Verletzung noch Lust auf eine Besteigung deinerseits habe? Ich eile jetzt auf mein Zimmer, reinige diese Wunde so gut wie möglich und lege mich schlafen. Ich habe dir deutlich meinen Standpunkt erklärt und bitte um etwas Respekt mir gegenüber. Dein Gesicht ist vor den Dorfbewohnern weiterhin gewahrt. Genieße die Nacht!"
Langsam humpelte ich zur Haustür.
Chiron folgte mir schweigend.
Der Weg bis ins Obergeschoß wurde zur Tortur.
Endlich!
Ich riss die Tür zu meinem Zimmer auf und war froh, die Treppen geschafft zu haben.
Aufstöhnend sackte ich auf das Bett und schob mein Kleid nach oben. Die Verletzung war zum Glück nicht so schlimm und würde bald wieder verheilen. Jemand klopfte an die Tür.
„Herein!"
Chiron erschien.
„Ich wollte mich nach deinem Befinden erkundigen und fragen ob du es dir überlegt hast, eine Nacht mit mir zu verbringen", gab er süffisant von sich.
Ich war geschockt.
„Nein!"
„Ist das dein letztes Wort!"
„Ja, es ist mein allerletztes Wort und nun geh endlich!"
Chiron verließ mein Zimmer und schlug die Tür zu.
Hatte ich in meiner Sturheit richtig gehandelt?
Gedankenverloren legte ich mich schlafen.
Mitten in der Nacht wurde ich wach.
Schreie drangen an mein Ohr und ich sprang aus dem Bett.
Was war das?

Stöhnend knickte ich weg. Mein lädiertes Knie hatte ich völlig vergessen. Ich humpelte zur Tür, öffnete sie ganz vorsichtig und lauschte in die Dunkelheit.
Erneut drangen undefinierbare Laute an mein Ohr. Sie kamen aus der unteren Etage. Sollte Chiron erneut die Verwandlung in einen Werwolf durchmachen und sein Opfer dort unten töten?
Mir wurde anders bei diesem Gedanken.
Nein!
Es hatte geheißen, wenn ich freiwillig mit in seine Zeit kommen würde, sei dieser Fluch entgültig aufgehoben.
Ich war mir sicher, dass es etwas anderes sein musste.
Vorsichtig schlich ich nach unten.
Stille!
Sollte ich mich geirrt haben?
Gerade als ich auf dem Rückweg war, hörte ich ein verhaltenes Stöhnen. Ich hielt inne und nun wollte ich es genau wissen. Dem Geräusch folgend, stand ich vor Chirons Arbeitszimmer und lauschte. Zitternd legte ich die Hand auf die Klinke und öffnete vorsichtig die Tür.
Was ich erblickte, war für mich eine mehr als peinliche Situation.
Chiron vergnügte sich schamlos mit Abigail.
Ihre Lustschreie waren das gewesen, was ich gehört hatte.
Obwohl ich wusste, dass er in dieser Zeitära eine Frau hatte, versetzte es mir bei diesem Schauspiel einen Stich. Mit ihm verband mich leider nur die Gewissheit Kinder zu haben. Ich schluckte bitter, wandte mich ab und drückte so leise wie möglich die Tür ins Schloss. Ich flüchtete in mein Zimmer und die erlebte Szenerie spielte sich wie ein schlechter Film in Endlosschleife vor meinem geistigen Auge ab.

Verstärkt wurde das ganze noch durch die Schreie der Verzückung von Abigail, die durch das Haus hallten.
Ich wusste, was sie damit bezweckte. Sie veranstaltete das mit Absicht und kostete es in vollen Zügen aus.
Die ganze Nacht bekam ich kein Auge zu, obwohl ich mir die Bettdecke über den Kopf gezogen hatte.
Das Schauspiel dauerte bis zum Morgengrauen an und irgendwann herrschte endlich Ruhe vor.

Während beide schliefen, eilte ich wie gerädert in die Küche um mir ein deftiges Frühstück zu machen. Ich trank gerade meinen Tee, als ich eine eiskalte Hand auf meiner rechten Schulter verspürte. Schreiend sprang ich hoch und ließ vor Schreck meine Tasse fallen.
Mein Herz raste und langsam drehte ich mich um.
„Chiron! Verdammt! Was willst du?!"
„Caer! Erschreck mich doch nicht so!"
„Fragt sich nur, wer hier wen erschreckt!", blaffte ich zurück.
„Darf ich mich zu dir setzen?"
„Solltest du nicht neben deiner Frau liegen und dir ein bisschen Schlaf gönnen? Euer reges Treiben war nicht zu überhören und zu übersehen, denn du hast es ihr ja ordentlich besorgt! Ja, du darfst dich setzen!"
Chiron nahm Platz, während ich die kaputte Tasse in den Müll entsorgte und für uns beide einen frischen Tee eingoss.
„Bist du eifersüchtig? Oder gar neidisch? Du hast dich doch gestern verweigert und ich hätte mich gerne mit dir genauso intensiv auf diese Art vergnügt! Was nicht ist kann noch werden! Was hältst du davon? Ich habe noch etwas Potenzial zur Verfügung!"
Er stand auf, griff nach mir und drückte mich fest an sich. Unsere Blicke trafen aufeinander.

„Ich bin weder eifersüchtig noch neidisch! Eher etwas traurig, was unser Verhältnis anbetrifft. Heute Nacht wurde mir bewusst, dass nur die Kids uns verbinden. Sonst nichts. Jetzt lass mich schon los! Außerdem bist du noch bettwarm und trägst Abigails Geruch an dir! Ich denke es ist besser für dich, du wäschst dich erst einmal gründlich. Oder ist es in deiner Zeit so üblich, dass Mann von Bett zu Bett steigt! Kein Wunder, dass bei diesem extremen Hygienemangel, überall die Pest vorherrschte! Geh! Ich habe keine Lust auf eine neue Auseinandersetzung mit Abigail. Mir reicht die von gestern noch!"

„Autsch! Gut gekontert und herzlichen Dank, dass du mich als Schmutzfink siehst! Das hat gesessen! Warum hast du mir gestern auf Nachfrage nicht erzählt, was auf dem Fest vorgefallen ist? Ich hätte Abigail sofort zur Rede gestellt und dementsprechend bestraft!"

„Warum hätte ich das tun sollen? Abigail ist raffiniert und äußerst geschickt in ihrer Intrigenspinnerei, dass du mir das niemals geglaubt hättest! Bestraft? Du hast sie doch bestraft! Wahrscheinlich damit, dass sie in ihrem Leben endlich einmal anständig und ausdauernd befriedigt wurde!", gab ich gereizt von mir.

Chiron blickte mich stirnrunzelnd an und brach kurz darauf in schallendes Gelächter aus.

„Wenn man das allerdings aus dieser Perspektive sieht, hast du völlig Recht, Caer! Ich denke sie hat genug!"

„Oder sie ist jetzt auf den Geschmack gekommen. Sie wird im Laufe des restlichen Tages damit beschäftigt sein, mir das genüsslich in kleinen Häppchen immer wieder zu servieren! Angedroht hatte sie es mir bereits gestern, dass du danach keine Lust mehr auf mich hättest! Aber nun zu der Hütte im Moor. Es ist ja nur ein schäbiger Verschlag aus dem später dieses Cottage

entstand. Warum versuchst du mich von dort bewusst fern zu halten? Was verschweigst du schon wieder? Mir ist gestern aufgefallen, dass sie verlassen schien! Also? Keine Ausflüchte!"
Er druckste herum.
„Caer, es ist nicht so einfach für mich um es plausibel zu erklären!"
„Gut! Anscheinend muss ich mir die Informationen im Dorf holen oder direkt ins Moor, um zu sehen, was ich nicht erfahren darf! Meine Geduld in dieser Sache ist erschöpft und ich werde mich sofort auf den Weg machen! Schönen Tag noch, Chiron!"
Ich drehte mich um und stieß mit Abigail zusammen. War sie der Grund warum er mir die Antwort schuldig geblieben war?
Frech musterte sie mich von oben bis unten, eilte auf Chiron zu und küsste ihn mit einer Intensität, dass ich den Raum fluchtartig verließ.
Ihr spöttisches Lachen begleitete mich.
Meine Schritte führten mich Richtung Stallungen und ich lief gezielt auf eine leere Pferdebox zu.
Gestern hatte ich sie entdeckt und sofort in Beschlag genommen.
Ich besorgte ein paar herumliegende Strohhaufen und machte es mir bequem. Mit angezogenen Beinen saß ich da und versank in meine Gedanken. Die Situation um mich herum, machte mir mehr als zu schaffen. Ich wollte nur noch weg, mein eigenes Leben zurück und nichts mehr vom ganzen Wirrwarr um mich herum sehen oder hören. Verzweifelt lehnte ich mich zurück, schloss meine Augen und versuchte mit den Druiden Kontakt aufzunehmen. Sicher hatten sie eine Lösung parat.
Ich hörte in mich hinein.

Nichts!
Erneuter Versuch!
Zwecklos!
Es blieb mir nichts anderes übrig als zu warten, bis sie sich bei mir meldeten und das konnte aus gegebenem Grund dauern. Aufstöhnend öffnete ich meine Augen und erblickte Chiron, der mir gegenüber stand und mich eine geraume Zeit beobachtet haben musste.
Schweigend hielt ich seinem Blick stand.
„Alles in Ordnung mir dir, Caer?"
Ich blieb ihm eine Antwort schuldig, erhob mich und machte Anstalten die Box zu verlassen.
Als ich auf gleicher Höhe war, hielt er mich am Arm zurück. Ich versuchte seine Hand abzuschütteln. Sein Griff war so stark, dass ich nicht frei kam.
Unsere Blicke trafen sich erneut.
Sein Gesichtsausdruck zeigte Entschlossenheit und ich wusste, dass ich keinerlei Chance hatte, einfach so zu gehen.
„Würdest du die Freundlichkeit besitzen und mich los lassen! Ich habe noch wichtige Dinge in eigener Sache zu erledigen! Du stehst mir dabei nur im Wege! Also?"
Er verstärkte seinen Griff und zog mich näher heran.
„Was hast du vor? Geht es um diese Hütte? Vergiß es! Du bleibst hier! Es ist zu gefährlich! Vertrau mir!"
Ich brach in schallendes Gelächter aus.
„Vertrauen? Dir? Einem emporgekommenen Bauern, der sich jede Frau ins Bett holt? Ich vergaß, du kannst nichts dafür! Das Tier in dir, hat dich unter Kontrolle! Nimm endlich deine Pranken weg oder ich schreie um Hilfe!"
Chiron ließ mich widerwillig los.
„Caer ich warne dich! Verdammt!"
Er schlug mit seiner Faust gegen das Holzgatter.

Ich trat erschrocken einige Schritte zurück und konnte seine Aggression nicht verstehen.
„Irgendwann wirst du es bereuen, Caer! Und dann bin ich nicht vor Ort um zu helfen oder kann es nicht!"
Wütend und zugleich hilflos, streifte mich sein Blick, dann eilte er in die gegenüberliegende Box zu seinem Pferd. Er schwang sich auf dessen Rücken und ritt aus dem Stall. Ich blickte kopfschüttelnd hinterher und lief ins Haus zurück. Was war nur aus ihm geworden?
Ich wünschte mir den alten Chiron in Gestalt des Werwolfes zurück.

Die Felder waren voller Menschen.
Frauen und Männer gingen gebückt mit Sicheln durch die Reihen und schnitten das Korn, Kinder trotteten hinterher und rafften es zusammen, um es zu bündeln. Chiron saß ab, gesellte sich zu seinen Leuten aus dem Ort und packte kräftig mit an. Zumindest konnte er so seine vorherrschende Wut etwas kompensieren.
Seine Gedanken schweiften dauerhaft zu Caer ab und die Schwermut, die ihn dadurch befiel, machte es auch nicht viel besser. Wie sollte er ihr nur erklären, dass er wusste, was ihn demnächst ereilen würde. Er kannte das Ende in dieser Ära und hatte es bereits durchlebt. Sie konnte sich deshalb nicht erinnern, weil auch sie in dieser Zeitschleife dauerhaft gefangen war. Schon oft, hielt Caer das Chronoskop in ihren Händen und hatte sich falsch entschieden. Jedes Mal war alles auf die Stunde Null zurückgesprungen und begann von vorne. Es war seine Strafe, die er von den Druiden erhalten hatte und immer wieder durchleben musste, bis Caer die richtige Entscheidung traf. Er verfluchte sich aufs Neue und bereute, dass er einen der Druiden grundlos ermordet hatte, nur um sein Geheimnis zu schützen.

Chiron wurde aus seinen Gedanken gerissen, als ihm eine der Mägde lächelnd einen Becher Wasser reichte. Er dankte ihr und machte sich wieder an die Arbeit.

Der Tag verging schnell.
Gegen Abend begab er sich auf den Weg zu seinem Anwesen. Heute Nacht würde er sich das von Caer holen, was sie ihm auf dem Fest verweigert hatte. Er würde ihr schon zeigen, wer hier der Mann im Hause war. Allein der Gedanke an sein Vorhaben trieb ihn dazu, schneller zu reiten.
Kurze Zeit später hatte er den Stall erreicht. Er sprang ab, schirrte da Pferd aus und brachte es in die Box. In Erwartung auf den Genuss, jeden Moment in Caer´s Armen liegen zu dürfen, beflügelten seine Schritte. Er eilte in die Küche, wusch sich und machte sich auf den Weg nach oben.
Abigail hatte auf ihn gewartet und beschimpfte ihn nun lauthals, als sie bemerkte was er in dieser Nacht vorhatte.
Chiron hatte Mühe sie zu beruhigen. Vergebens!
Rigoros packte er sie am Arm, zog sie hinter sich her und sperrte sie in die Vorratskammer. Er hatte genug von ihrer Zickerei. Caer war jetzt diejenige, die für den Moment zählte.
Er wollte sie!
Hier und Jetzt! Egal wie!
Zwei Stufen auf einmal nehmend eilte er nach oben in ihr Zimmer.

Ich lag im Bett, als er zu mir kam.
Den lautstarken Streit zwischen Abigail und ihm, hatte ich nicht überhören können.
Was hatte er vor?

Was wollte er?
Im Zimmer war es dunkel, nur ein Sichelmond erhellte die Spätsommernacht, und der Nachthimmel war fast dunkelblau. Es war heiß im Raum, ich schwitzte leicht und mein ganzer Körper war mit einer feinen Schicht aus Schweiß überzogen. Durch das geöffnete Fenster, wehte eine leichte Brise herein.
„Schläfst du?", fragte er.
Ich antwortete nicht.

Chiron setzte sich auf die Bettkante, streckte sich, dass seine Knochen knackten und machte sich daran, aus seinen Stiefeln zu kommen. Als das bewerkstelligt war, zog er sich aus und legte sich aufstöhnend zurück.
Das Bettlaken war angenehm kühl. Noch!
„Caer? Schläfst du?", fragte er noch einmal.
Als sie sich nicht rührte, tastete er sich ganz langsam mit seiner Hand zu ihr vor.
Kurze Zeit später hatte er eine Haarsträhne von ihr in der Hand. Er drehte sich in ihre Richtung, hob die Strähne behutsam auf und drückte sie an sein Gesicht. Mit geschlossenen Augen sog er den vertrauten Duft tief ein und konnte seine Erregung nur schwer unter Kontrolle halten. Seine Hand rutschte wie von selbst unter die Decke in ihre Richtung. Sie war nackt und sie schlief nicht.
Er hatte bemerkt, dass sie wach war und wusste auch, dass sie in diesem Moment nicht wollte.
Aber solange sie nicht ernsthaft protestierte, würde er weitermachen.
Seine Atmung steigerte sich, als er ihre prallen Brüste, mit den steifen Warzen berührte. Seine Hand glitt wie von selbst in Richtung ihrer Schenkel.
„Caer…..komm schon!"

Sie gab keine Antwort, und sie rührte sich nicht.
Verdammt noch einmal, dachte er verständnislos, das kann sie nicht kaltlassen. Er beugte den Kopf über ihr Gesicht und suchte ihre Lippen. Es zeigte nicht die leiseste Wirkung auf sie. Auf ihn umso mehr. Gierig sog er an ihrem Mund. Ihr leicht verschwitzter Körper und der salzige Geruch der von ihm ausging, raubten ihm gänzlich das Denkvermögen. Plötzlich war es mit seiner Beherrschung vorbei. Nur dieses eine Mal. Er hatte sie schon lange nicht mehr gespürt. Während er noch mit ihren Lippen spielte, glitt er gleichzeitig auf sie, drängte ihre leicht geöffneten Beine mit seinem Knie weiter auseinander und stöhnte verhalten auf, als er tief in ihr versank. Ihr Inneres glich einem aktiven Vulkan, der nur darauf wartete von ihm gelöscht zu werden. Wie in Trance bewegte er sich in ihr, mit dem Gefühl, hoffnungslos in ihrem Feuer verbrennen zu müssen. Er verlor fast seinen Verstand und musste an sich halten, damit er nicht sofort alles in sie ergoss. Er wühlte in ihren Haaren, schob seine Hand fordernd unter ihre Hüften, um sie in Gleichklang mit seiner Wallung zu bringen. Eine todsichere Methode bei den Damen und es funktionierte sicher auch bei Caer.
Nicht so heute!
Zum ersten Mal bewegte sie sich, aber keinesfalls wie er es sich erhofft hatte.
Sie drehte den Kopf weg.
„Ist das wirklich dein Ernst?", murmelte er.
Es war ihr Ernst!
Ein verächtlicher Blick traf ihn kurze Zeit später.
Er räusperte sich.
„Es tut mir leid! Verzeih mir!"
Während er sich resigniert aus ihr zurückzog, pulsierte sein Samen über ihre Beine.

Caer drückte ihn schweigsam von sich, drehte ihm den Rücken zu und zog die Decke über ihre Schultern.
Chiron lag noch bis zum Morgengrauen wach. Wieder einmal hatte er es komplett versaut und sein gegebenes Versprechen gebrochen.

Ich war nicht einmal sonderlich geschockt, als Chiron seinen Körper über meinen schob. Nach der heftigen Auseinandersetzung mit ihm heute morgen, sah er das wohl eher als Privileg. Bis zu dem Zeitpunkt, als er mich küsste, hatte ich noch absolute Kontrolle über meinen Körper und nahm alles stillschweigend hin. Kaum, als er in mir versunken war und mich ausfüllte, musste ich an mich halten um nicht laut zu schreien. Verzweifelt versuchte ich mich gedanklich auf andere Dinge zu konzentrieren.
Es war zwecklos!
Ich gab mich entgültig geschlagen, als er kurze Zeit später in gleichmäßigen, rhythmischen Bewegungen sein Recht verlangte. Als er auch noch seine Hände unter meine Hüften legte, mich näher an sich zog, um dem Ganzen mehr Intensität zu geben, war es mit der kontrollierten Beherrschung vorbei. Ohne, dass er etwas bemerkte, verkrallte ich beide Hände im Bettlaken und hielt die Luft an. Er war so in seinem Element, dass er zum Glück nichts davon mitbekam. Ich durfte meine Lust, nicht herausschreien. Diesen Triumph würde ich ihm nicht gönnen. Dennoch genoss ich diesen Umstand und würde glatt lügen, wenn ich mir eingeredet hätte, dass es mir nicht gefiel. Trotzdem musste ich diese Aktion beenden, sonst konnte ich für nichts mehr garantieren. Wenn Chiron so weiter machte, würde ich ungezügelt wie ein Tier über ihn herfallen und auch diese Genugtuung wollte

ich ihm nicht geben. Ich drehte meinen Kopf weg, versteifte mich und hatte prompt den Erfolg, den ich mir erhofft hatte.
Er blieb bis zum Morgengrauen neben mir liegen und ich schlief später vor Müdigkeit ein.

Erneuter Streit ließ mich wach werden und ich machte mich verschlafen auf den Weg in die Küche.
Abigail blieb Chiron verbal nichts schuldig und als sie mich erblickte, ging es munter weiter.
„Du verdammte Hure! Hast du es endlich geschafft, dass er dich bestiegen, es mit dir getrieben und seinen für mich kostbaren Samen sinnlos in dir verteilt hat? Das wolltest du doch haben! Ich hoffe nun ist endlich Ruhe und du verschwindest!"
Mein Blick traf Chiron.
Nichts kam von seiner Seite zu meiner Verteidigung.
Es reichte!
„Schluss jetzt ihr beiden mit dem Schauspiel! Ich habe genug! So, und jetzt zu dir Abigail! Chiron hat mich heute Nacht gegen meinen Willen genommen und er hat seinen Samen nicht in mir vergossen, dazu kam er nicht mehr. Jedoch habe ich diese Besteigung mehr als genossen und ich würde lügen, wenn ich behaupten würde, dass es mir nicht gefallen hätte. Ich würde es gerne mehrmals täglich mit Chiron in allen möglichen Varianten dieser Art hemmungslos treiben. Guck nicht so dumm! Ich benutze deine eigenen Worte Abigail! Genug Ausdauer hat er bereits bei dir bewiesen und es dir ordentlich besorgt. Von dem Stückchen Kuchen wollte ich auch etwas abhaben und ich bekam mehr als ich erhofft hatte, auch wenn es für Chiron nicht offensichtlich war. Ich denke er hat Manneskraft für uns beide und du bist wohl das erste Mal in deinem

Leben so richtig befriedigt worden. Damit er es bei mir nicht weiter ausnutzt, werde ich verschwinden. Es darf keine Wiederholung geben und es muss auch im Sinne von Chiron sein! Ich werde ihn nicht mit dir teilen! Nicht so! Ich hoffe, dass mein Standpunkt nun entgültig akzeptiert wird! Ich wünsche dir Abigail, dass er dich Tage zuvor endlich geschwängert hat und du das ersehnte Kind von ihm bekommst. Ich weiß was in dir vorgeht und verstehe es!"
Chiron stand mit offenem Mund da und schien gerade zu verdauen, was ich ihm offenbart hatte.
Ich grinste.
„Falls mich jemand sucht, ihr findet mich später bei den Pferden."
Schnell rannte ich nach oben.
Ich verpasste mir eine Katzenwäsche und zog mich an. Danach machte ich mich auf den Weg in den Stall um die Pferdeboxen auszumisten und auch auf andere Gedanken zu kommen. Was hatte ich mir nur wieder dabei gedacht, als ich Abigail mein Gefühl für Chiron offenbart hatte. Sicher würde sie es irgendwann gegen mich und zu ihren Gunsten verwenden.

Gegen Mittag erschien Chiron auf der Bildfläche. Er brachte mir Essen und bat um eine Unterredung. Ich gewährte sie und er lotste mich in meine Box.
Beide fanden wir auf dem Strohhaufen Platz.
„Wie geht's denn Abigail? Ich hoffe meine Worte sind angekommen und ich habe sie nicht zu arg getroffen! Es musste sein! Ich konnte ihre Spitzfindigkeiten nicht mehr ertragen!"
„Stimmt es?"
„Was?"
„Das du es in vollen Zügen genossen hast?"

Ich nickte.
„Ja! Ich habe es mehr als genossen mit dir Chiron und wäre gerne wie eine Wildkatze über dich hergefallen. Möchtest du es hier und jetzt gleich wiederholen? Bist du deshalb gekommen?"
„Lass uns von etwas anderem reden, Caer!"
„Kein Problem! Ich hätte nur zu gerne gewusst, wie lange ich hier noch verweilen muss. Mein Versprechen habe ich eingelöst und somit dürfte einer Weiterreise nichts mehr im Wege stehen. Gibt es vielleicht etwas, was ich nicht weiß? Verschweigst du mir einige Dinge? Wenn ja, warum?"
„Es gibt noch etwas und hängt mit der Hütte im Moor zusammen! Caer, es fällt mir verdammt schwer, mit dir darüber zu sprechen."
„Fang endlich an, Chiron! Inzwischen bin ich einiges gewöhnt! Was hat es mit dieser Hütte auf sich? Warum ist sie verlassen?"
„Sämtliche Bewohner wurden vor deiner Ankunft auf dem Scheiterhaufen verbrannt! Sie wurden beschuldigt der Hexerei und dafür verantwortlich gemacht, dass es im letzten Jahr keine ertragreiche Ernte gegeben hatte. Die Einzige die fliehen konnte war Niamh. Sie wurde bald wieder eingefangen und kurze Zeit später an diese verfluchte Inquisition übergeben. Während man sie im Hexenturm einsperrte, folterte und mit allen Mitteln versuchte ein Geständnis herauszupressen, verlor sie ihre ungeborenen Kinder. Sie ist die Moorhexe, die dir in Gegenwart des Wolfsgesichtigen begegnet ist! Jetzt weißt du auch, warum sie das Erstgeborene fordert. Es ist ihre persönliche Rache."
„Moment! Irgendwie verstehe ich da etwas falsch? Ich dachte, die Moorhexe war mit einem Mann aus dem Nachbarort liiert und hatte bereits Kinder? Sein Vater

hat alle im Moor verschwinden lassen! Wieso wurden jetzt alle Bewohner der Hütte verbrannt?"
„Niamh lebte dort mit ihrer Familie! Keiner wusste es, außer dem Vater ihres Mannes und der hat sie verraten um sich selbst freizukaufen und um von seiner eigenen Tat abzulenken! Nachdem er hinterhältig die Kinder ins Moor verbracht hatte, verriet er die ganze Familie!"
Ich sprang auf!
„Oh mein Gott! In mir kommt gerade ein furchtbarer Verdacht auf! Deine Frau! Kann es sein, dass Abigail versucht, mich an die Inquisition auszuliefern? Grund genug dazu hat sie! Du hast sie betrogen und mit mir das Bett geteilt, wenn auch gegen meinen Willen! Sie weiß, dass ich zu den Leuten aus dem Moor gehöre! Ihre Eifersucht wird sie irgendwann zerfressen und dann werden die Häscher vor deiner Tür stehen um mich zu holen! Angedroht wurde es bereits! Wenn du Pech hast, zieht sie dich in ihrem unendlichen Hass noch mit hinein! Was dann? Stell dir vor, wir werden beide als Ketzer und Hexe verbrannt! Was wird dann aus den Kindern und den Zeitüberlappungen?"
Chiron erhob sich ebenfalls.
„Ich kann es mir nicht vorstellen! Abigail mag sein wie sie will, aber jemanden töten zu lassen und auch noch gezielt, dass glaub ich nicht!"
„Chiron! Wach auf! Sie wird es tun!"
Er wandte seinen Blick von meinem und vermied es, mich weiterhin anzusehen.
Irgendetwas stimmte hier nicht!
„Warum weichst du meinem Blick aus? Kann es sein, dass du den Verlauf der Geschichte bereits kennst und es mir verschweigst? Natürlich? Wie naiv bin ich nur! Du wusstest auch, dass ich dir hierher folgen würde!"
Lügen!

Alles nur Lügen!
Ich hatte genug!
Ohne ihn eines weiteren Blickes zu würdigen, verließ ich die Stallung und rannte ins Haus.
Weg!
Ich musste noch heute weg!
Abigail, die gerade aus dem Haus kam überrannte ich in meiner Rage. Natürlich ließen Beschimpfungen von ihr nicht lange auf sich warten. Ich ignorierte sie und rannte nach oben in meine Räume. Eilig packte ich ein paar Sachen zusammen und machte mich auf den Weg zurück nach unten. Zwischenzeitlich war Chiron auch wieder eingetroffen und hatte eine keifende Abigail im Schlepptau. Ich stürmte an beiden vorbei und wurde von Chiron ausgebremst, der mich wieder einmal hart am Arm packte.
Schmerzvoll schrie ich auf.
„Caer! Wo willst du hin?!"
„Raus hier aus diesem Irrenhaus! Lass mich doch los! Ich geh ins Dorf und suche mir ein Zimmer! Hier ist es nicht mehr auszuhalten!"
„Von was willst du das Zimmer bezahlen? Du bist hier fremd, mittellos und giltst als leichtes Mädchen! Denk daran, du hast unter Zeugen geäußert, dass du mit mir die Nacht verbringen wirst!"
„Ich werde in der Schänke arbeiten! Irgendetwas wird sich schon finden!"
„Es wird sich mit Sicherheit etwas finden! Sie werden dich im Frauenhaus arbeiten lassen, denn willig bist du ja!"
Entsetzt schaute ich ihn an.
Was hatte er da gerade zu mir gesagt?
Seine Worte hatten ihre Wirkung nicht verfehlt.
Ich schwankte und hörte Abigail boshaft lachen.

„So ist das! Du hältst mich also auch für eine billige Hure, Chiron! Das ist also der Dank, für all die Dinge, die ich dir erspart habe! Nun, dann bring mich sofort ins Dorf, damit ich meinen Körper für Geld verkaufen und mir so ein warmes Essen erwirtschaften kann! Ich hoffe du bekommst für mich auch noch einen kleinen Vermittlungsbetrag! Genug Freier werden sicher dort auf mich warten! Einige Burschen aus dem Ort waren auf dem Dorffest nicht abgeneigt!", gab ich von mir.
„Caer! So habe ich das nicht gemeint!"
„Lass sie gehen! Warum hältst du sie zurück? So sind wir sie los und sie kann dir den Kopf mit ihren Reizen nicht mehr verdrehen!", warf Abigail ein.
Sie lachte, spuckte in meine Richtung und ließ, wie so oft, kein gutes Haar an mir. Chiron duldete es einfach. In diesem Augenblick verlor ich meine Beherrschung. Ich drehte mich um und schlug Abigail mit der flachen Hand ins Gesicht. Ihr Lachen brach abrupt ab.
„Es reicht! Abigail, ich habe mir von dir lange genug deine Bosheiten gefallen lassen und alles still erduldet! Wenn du deinen ungezügelten Hass an irgendjemand abladen willst, dann nimm dir Chiron! Und jetzt zu dir mein Freund! Seit ich hier angekommen bin, werde ich nur gedemütigt und benutzt! Ich werde versuchen, so schnell wie möglich von hier zu verschwinden! Unser Abkommen ist soeben geplatzt! Leb wohl!"
Als Chiron zu einer passenden Antwort ansetzte, eilte Tom auf uns zu.
„Was ist hier schon wieder los? Chiron? Abigail? Caer, dich hört man über den ganzen Hof brüllen!"
„Ich gehe jetzt, Tom! Nur wohin weiß ich noch nicht! Chiron und ich haben uns nichts mehr zu sagen! Hast du etwas Zeit für mich? Es dauert nicht lange und ich brauche nur jemanden zum Reden!"

Er nickte. Ich verabschiedete mich und war froh, dass Tom die Situation so schnell erkannt hatte.
Auf dem Weg ins Dorf erzählte ich ihm ausführlich, was geschehen war und gab auch meinen Verdacht in Bezug auf Abigail preis.
„Caer, es ist absolut nicht abwegig. Allerdings kann ich dich beruhigen. In den nächsten Tagen kommen die anderen nach. Solange musst du es aushalten. Hast du eine annehmbare Unterkunft? Wenn nicht, werde ich dir später eine besorgen."
Ich nickte und war ihm dankbar für die Hilfe.
Wir hatten das Dorf fast erreicht, als hinter uns ein Reiter im Galopp auftauchte.
Chiron!
Er zügelte scharf sein Pferd, sprang ab und eilte gezielt auf uns zu. Seine Gesichtszüge wirkten versteinert und ich ahnte nichts Gutes.
Was sollte ich tun?
Tom schien mein Unbehagen bemerkt zu haben.
„Stell dich hinter mich, Caer! Verhalte dich erst einmal ruhig. Mal sehen, was er zu sagen hat."
Ich gehorchte.
„Caer! Du kommst sofort mit mir zurück! Der Deal ist nicht geplatzt! Denk nicht einmal daran! Du musst es zu Ende bringen! Es ist deine Bestimmung!"
„Nein! Ich werde nirgends wohin gehen! Ich vertraue dir nicht mehr! Nicht nachdem du mir vorhin deinen Standpunkt erklärt hast, wie du über mich denkst! Und lass dir gesagt sein, es ist deine Bestimmung, nicht die meine!"
„Und die Kinder? Sind sie dir nichts mehr wert? Hast du sie bereits vergessen?"
Ich erstarrte.
Schmerzvoll schloss ich meine Augen.

Chiron hatte mich an meinem wunden Punkt erwischt. Ich überlegte kurz und stellte fest, dass er Recht hatte. Wollte ich sie wieder sehen, musste ich mit zurück.
„Okay, du hast gewonnen! Tom ich danke dir, dass du mir helfen wolltest! Wenigstens einer aus der Meute, dem ich noch etwas Vertrauen entgegenbringen kann! Grüß mir den Rest und besucht mich einmal!"
Langsam trat ich hinter Toms Rücken hervor und lief auf Chiron zu.
„Bist du dir ganz sicher, was du jetzt tust, Caer?", warf Tom ein.
Ich zögerte, blieb stehen, schaute ihn an und schüttelte den Kopf.
„Nein, bin ich nicht! Leider bleibt mir keine Variante! Es ist anscheinend doch mein Schicksal!"
„Chiron! Verdammt! Willst du Caer nicht endlich die ganze Wahrheit sagen?", gab Tom von sich.
Ich blickte ihn verwirrt an.
„Misch dich nicht ein, Tom! Es ist eine Angelegenheit zwischen Caer und mir!", warf ihm Chiron entgegen.
„Ich weiß, Chiron! Erfahre ich, dass du ihr Schaden in irgendeiner Weise zufügst, hast du einen Feind!"
Beide standen sich wie Kamphähne gegenüber.
„Schluss jetzt! Es ist, wie es ist! Bring mich hier weg, Chiron!"
Resigniert machte ich auf dem Absatz kehrt und eilte nachdenklich und schweigsam zurück. Was hatte Tom damit gemeint? Was verschwieg mir Chiron erneut?
Ich blickte kurz zurück.
Chiron schien eine intensive Unterredung mit Tom zu halten, denn er folgte nicht nach.

Ich war bereits ein gutes Stück des Weges gelaufen, da hörte ich hinter mir Pferdehufe. Kurz darauf befand sich Chiron an meiner Seite und stieg ab.
„So bleib doch stehen! Ich muss mit dir reden!"
Ich hielt inne und drehte mich in seine Richtung.
„Wie so oft! Was ist es diesmal? Ein Vorschlag von dir mich weiterhin für Geld besteigen zu lassen? Ich bin ein leichtes Mädchen in deinen Augen! Wie viel bietest du mir für ein paar Stunden?", warf ich sarkastisch in seine Richtung.
Entsetzt blickte er mir in die Augen.
„Ich wollte mich bei dir gerade eben, für solche Worte von vorhin entschuldigen. Es ist zurzeit nicht einfach für mich! Mein Gott, versteh mich doch!"
„Es ist für uns alle nicht einfach, Chiron!"
„Warum machst du dann so ein Theater?"
„Ich mache keine Theater! Ich verstehe dich besser als du glaubst. Nur ist es so, dass du nur an dich denkst und nur forderst! Unsere Absprachen außer Acht lässt und meine Gefühle, die ich für dich empfinde nur mit Füßen trittst! Chiron! Weißt du eigentlich, wie es mir dabei geht? Im Moment ist es mir nur wichtig, dieses Chronoskop zu finden um alles auf die Stunde Null zu setzen! Endlich zu vergessen was meine Seele verletzt! Warum sind wir eigentlich noch hier? Ich bin dir doch nachgefolgt! Wann kommt die Erlösung? Irgendetwas ist absolut nicht in Ordnung! Was ist es, Chiron? Die Bemerkung von Tom hat mich stutzig gemacht! Was verschweigst du mir schon wieder!"
Er schritt langsam auf mich zu.
„Caer, du liebst mich ja wirklich! Ich dachte, du spielst nur mit mir um endlich nachhause und aus dieser Ära zu kommen! Wie blind bin ich eigentlich?"

„Ja und du bist mehr als blind! Beantworte bitte meine Frage! Was oder wer ist es, was mich gefangen hält und nicht gehen lassen will! Es ist alles so geschehen wie es vorbestimmt war!", hakte ich nach.
„Ich weiß es wirklich nicht! Es hieß in den Chroniken, dass eine weitere Prüfung, von der Frau die mich so wie ich bin und ehrlich liebt, bestanden werden muss! Es gab auch keinen Hinweis dazu!"
Ich schluckte.
„Sie wird wohl von mir erfüllt werden müssen! Ich bin diejenige, die dich liebt, wie du bist! Nur, was ist es?"
„Wir werden es herausfinden! Nun komm, ich bringe dich nachhause!", wich er aus.
„Und Abigail? Was wird sie dazu sagen?"
„Ich werde mir etwas plausibles einfallen lassen, damit sie sich ruhig verhält."
„Bevor wir zurück reiten, habe ich noch eine wichtige Frage an dich und möchte eine ehrliche Antwort."
Chiron blickte mich durchdringend an, als wenn er erraten könnte, was ich von ihm wollte. Er nickte.
„Nur zu!"
„Was geschieht mit dir, wenn ich die Forderungen der Chroniken erfüllt habe? Bleibst du hier bei Abigail? Sie ist nun einmal in dieser Zeit deine Frau oder gehst du mit mir auf die Reise ins Ungewisse!"
„Diese Frage kann ich dir nicht beantworten! Ich weiß nicht, in welche Richtung sich diese ganze Geschichte entwickeln wird!"
Ich hatte es im Vorfeld geahnt, dass ich, wie schon so oft, eine schwache Ausrede von ihm erhalten würde.
Enttäuscht wandte ich mich zum Gehen ab.

Chiron bemerkte im gleichen Moment, dass er einen Fehler gemacht hatte und hielt Caer zurück.

„Komm wir reiten zusammen nachhause. Ich heb dich aufs Pferd, dann brauchst du den ganzen Weg nicht noch einmal zu Fuß gehen.
„Nein! Ich werde laufen, damit ich einen klaren Kopf bekomme! Reite du schon voraus und überlege dir für Abigail eine gute Ausrede!"
„Du steigst jetzt auf! Zur Not mit Gewaltanwendung!" Schon griff er nach mir und zog mich zurück.
Ich wurde wütend und wehrte mich wie eine Wilde. Er lachte und ließ mich seine enormen Kräfte spüren. Es gab ein heftiges Gerangel, bei dem ich den Halt verlor, zu Boden stürzte, Chiron mitriss, der nun über mir lag und sofort die Situation ausnutzte. Ohne Vorwarnung küsste er mich. Seine Hand verschwand unter meinen Röcken und mir wurde klar, was er wollte.
„Nein! Verdammt! O´Reilly, es reicht nun entgültig. Steigen sie sofort von mir herunter, sonst vergesse ich meine gute Kinderstube! Bastard! Tier!"
„Oha, Madam geht wieder ins *Sie* über! Ja, ich bin ein Bastard und bei dir werde ich gerne zum Tier! Ich will dich! Hier! Jetzt!"
Chiron ignorierte meinen Wunsch und fing an, mich fordernd zu küssen.
Ich keuchte und biss nach ihm.
Mit einem Aufschrei, ließ er ab und schlug zu.
Erschrocken und jeder Worte unfähig, blickte ich ihn an und hielt meine Wange.
Sein Mund blutete stark.
„Oh mein Gott! Ich wollte das nicht, Chiron!", gab ich irgendwann von mir.
Er stand auf, zog mich mit hoch und dann standen wir uns ganz nahe gegenüber. Ich schluckte.
Langsam wischte er sich mit dem Jackenärmel, dass Blut von den Lippen.

„Caer! Wage es nie wieder, mich sichtbar zu verletzen! Du wirst es sonst bereuen!", zischte er mir zu und ich sah den Hass in seinen Augen, die plötzlich glühten.
Verunsichert wich ich zurück und dann rannte ich los, obwohl mir bewusst war, dass er mich mit dem Pferd schnell einholen würde.
Irgendwo in der Nähe musste dieses Wäldchen sein.
Suchend schaute ich mich um.
Dort!
Ich musste es versuchen!
Nach ein paar Metern ging mir die Luft aus und ich bekam fürchterliches Seitenstechen.
Ich hielt inne, schaute mich vorsichtig um, bemerkte erstaunt, dass Chiron mich nicht verfolgte und atmete erleichtert auf.
Weiter!
Noch ein paar Meter, schoss es mir durch den Kopf und ich bin in Sicherheit.
Wie es danach weitergehen sollte, würde sich ergeben.
Geschafft!
Wäre ich doch nur bei Tom geblieben und hätte mit ihm zusammen auf die anderen gewartet
Sie hätten als einzige Chiron sicherlich zu Vernunft bringen können.
Jetzt war es zu spät.
Ich zitterte am ganzen Körper und hatte Durst.
In der Nähe musste auch dieser Bach sein.
Suchend machte ich mich auf den Weg und hatte ihn bald erreicht. Aufatmend ging ich in die Hocke und schöpfte mit der hohlen Hand das Nass heraus. Gierig trank ich und benetzte damit mein Gesicht.
Im gleichen Augenblick wurde ich von hinten gepackt und mit Gewalt zu Boden gedrückt.
Mein Kopf fiel ins Wasser.

„Wusste ich es! Nun bist du mir komplett ausgeliefert! Keiner wird dir helfen! Halt endlich still, damit ich dir geben kann, was dir zusteht!", vernahm ich noch.
Erstickt schrie ich auf, schluckte Wasser, hustete und wurde ein Stück zurückgezogen.
Mein Kopf kam frei und ich bekam Luft.
Gierig sog ich sie ein, bevor mir jemand den Mund fest zu hielt und sich an meinen Röcken zu schaffen machte. Ich hörte wie der Stoff riss und dann fiel er über mich her.
Nein!
Es blieb mir keine Chance, mich zu wehren und so musste ich alles schweigend über mich ergehen lassen.
Ich schluchzte und als *er,* mit mir fertig und es vorbei war, gab sich mein Peiniger zu erkennen.
Aufschreiend und fast den Verstand verlierend sah ich mein Gegenüber an.
Es war der Wolfsgesichtige!
Er grinste gehässig.
„Ich grüße dich, Caer! So sieht man sich also wieder! Wenn auch unter anderen Umständen, in die ich dich übrigens gerade mit Erfolg gebracht habe! Es ist ein Bestandteil für weitere Prüfungen! Zerbrich dir nicht dein schönes Köpfchen, du hättest es nicht verhindern können! Es wird immer und immer wieder geschehen, bis du die richtige Entscheidung triffst! Hüte deshalb meine Brut in dir mit Sorgfalt, denn sie entscheidet ob du von hier je weg kommst oder nicht! Nun leb wohl und lass dich von Chiron aufklären!"
Lachend verschwand er.
Was hatte er mit *immer wieder* gemeint und welche richtige Entscheidung?
Über was sollte Chiron mich aufklären?
Meine Gedanken überschlugen sich.

Mir wurde schlecht, ich würgte ein paar Mal und dann übergab ich mich. Ich säuberte mich mit etwas Wasser aus dem Bach, versuchte verzweifelt meine Röcke in Ordnung zu bringen und dann wurde ich erneut von jemand berührt.
Schreiend sprang ich hoch, drehte mich um und sah in die Augen von Chiron.
Dieser musterte mich entsetzt von oben bis unten.
„Caer! Was ist passiert! Mein Gott! Wer hat dir das nur angetan! Wäre ich dir nur gefolgt!"
„Es hätte auch nichts genützt und wäre später passiert! Bring mich schnell von hier weg und außerdem bist du mir eine gute Erklärung schuldig! O´Reilly, für das was mir gerade widerfahren ist, hasse ich dich abgrundtief! Du weißt genau um was es die ganze Zeit geht! Spiel nicht den Unwissenden!"
Er machte einen Schritt auf mich zu, ich trat einige zurück, hob ihm abwehrend meine Hände entgegen und dann umgab mich eine Ohnmacht.

Stimmengewirr erreichte meine Ohren.
Vorsichtig öffnete ich meine Augen. Ich sah alles nur verschwommen und dann kam meine Erinnerung mit einem Schlag zurück.
Der Wolfsgesichtige!
Mit einem Satz schoss ich hoch, schrie und schlug um mich.
„Festhalten! Ihr müsst sie festhalten! Caer hör auf! Du bist in Sicherheit! Hörst du? Es hilft nichts, sie ist wie von Sinnen! Verdammt! Entschuldigung und es tut mir leid!", hörte ich eine bekannte Stimme, bevor mir links und rechts eine Ohrfeige versetzt wurde.
Ich zuckte zusammen und verharrte.
Der Nebel vor meinen Augen lichtete sich und ich sah

direkt in die von Chiron.
Erleichtert zog er mich an sich.
„Endlich! Ich dachte ich hätte dich erneut verloren!"
Ich stieß ihn angeekelt von mir.
„Geh weg! Spar dir deine Lügen für Abigail auf! Rühr mich nicht an! Kein Mann wird mich mehr anfassen, nachdem was geschehen ist! Ach, sieh einer an! Deine Meute ist inzwischen auch schon eingetroffen! Passt ja alles zusammen! Erst werde ich vom Wolfsgesichtigen geschändet und dann von euch vielleicht sogar noch gebissen! Tolle Aussichten!"
Erschrocken blickten mich alle an.
Chiron war der Erste der seine Sprache wieder fand.
„Du wurdest vom Wolfsgesichtigen vergewaltigt? Bist du dir ganz sicher, dass es keiner der Männer aus dem Dorf war? Kann es sein, dass du dir das nur einbildest und….."
Ich rastete aus und unterbrach ihn scharf.
„Halt die Klappe Chiron! Sehe ich so aus, als wenn ich mir diese Geschichten ausdenke? Willst du alles bis ins kleinste Detail hören? Willst du mir noch unterstellen, dass ich mir das Kleid am Strauch absichtlich zerrissen habe? Ja? Dann lass uns ein paar Monate warten und du kannst dabei zusehen, wie mein Bauch anschwellen wird! Er hat mich geschwängert und das bewusst! Du weißt genau um was es hier geht! Es ist diese weitere Prüfung, die in den Chroniken stand und von der du angeblich nichts gewusst hast! Er hat es mir gesagt und angeraten, seine Brut sehr gut zu hüten! Erneut wächst irgendetwas in mir und ich muss es ertragen! Wisst ihr eigentlich wie ich mich fühle?"
Genervt legte ich mich zurück und schloss die Augen.
„Caer, ich….."

„Verschwindet! Alle! Ich möchte keinen von euch in den nächsten Tagen sehen! Am allerwenigsten dich, Chiron! Du widerst mich nur noch an! Geh zu Abigail, schwängere sie und sei ihr ab heute, ein guter Mann! Ich muss diese Angelegenheit erst verdauen und dann werde ich euch mitteilen, was geschehen wird!"
Ich hörte wie er mit seinen Freunden aus dem Zimmer ging und öffnete meine Augen.
Raus!
Ich musste hier raus!
Sofort!
Wohin?
Resignation machte sich breit. Ich hatte hier niemand an den ich mich wenden konnte. Jetzt musste ich alles noch einmal durchstehen. Diesmal alleine.
Wieso konnte dieser Wolfsgesichtige ungehindert und ungesehen erscheinen und Übergriffe an mir wagen?
Warum hatten die Druiden mir nicht geholfen?
Weshalb konnte ich meine neu errungenen Kräfte in dieser Zeit nicht anwenden?
Verzweifelt zermarterte ich mir das Gehirn.
Ich verstand es einfach nicht.
Irgendetwas verschwieg mir Chiron gezielt, da war ich sicher.
Deprimiert machte ich mich auf den Weg nach unten in die Küche und sah mich Chiron gegenüber. Abigail war nicht anwesend und es war außergewöhnlich still im Haus.
Ich erstarrte und unsere Blicke trafen aufeinander. Er stand auf, machte einige Schritte auf mich zu, während ich zurückwich.
„Caer, keine Angst, ich rühre dich nicht an. Möchtest du etwas? Hast du Hunger? Durst? Wenn ja, lang nur zu, es ist reichlich da!"

Ich nickte, lief mit gehörigem Abstand um ihn herum und setzte mich.
Seufzend nahm auch er wieder Platz.
„Wie geht es dir?", fragte er vorsichtig nach.
Ich ging nicht darauf ein.
„Wo ist Abigail? Es ist so still im Haus!"
„Gegangen!"
„Wegen mir? Das wollte ich nicht!"
„Unwichtig! Sie ist in den Nachbarort zu ihren Eltern. Ich denke es ist das Beste im Moment für sie, bis sich alle Gemüter beruhigt haben."
„Weiß sie was geschehen ist? Du sagtest vor kurzem zu mir, dass ich es irgendwann bereuen werde und du nicht vor Ort bist um zu helfen, oder es dann nicht kannst! Wie Recht du hattest! Wirst du mir jetzt nach diesem schrecklichen Vorfall endlich erklären, was das Scheusal damit meinte, dass es sich immer und immer wiederholen würde?"
Bevor er mir eine Antwort gab, schaute er mich lange an.
„Sie weiß was passiert ist! Allerdings abgewandelt. Ich habe sie in dem Glauben gelassen, dass du von einem Strauchdieb überfallen wurdest. Sie meinte daraufhin, dass du besser ins Frauenhaus gehen solltest, damit im Hause hier endlich Frieden herrscht. Vertraust du mir überhaupt noch? Was hat der Wolfsgesichtige dir noch erzählt?"
Ich blieb ihm vorerst eine Antwort schuldig und nahm schweigend das Essen zu mir. Wieder hatte er mich so gut wie verleugnet. Abigail wurde regelrecht in ihrem Glauben bestätigt, dass ich eine billige Hure war. Ich war enttäuscht und er sah es mir wohl an. Nach dem Essen, verließ ich den Tisch ohne ein Wort an ihn zu verschwenden und verschwand leise und unbemerkt in

die Stallungen. Aufseufzend setzte ich mich auf einen Strohballen und machte mir Gedanken, wie es weiter gehen sollte.
Es erschien alles so sinnlos!
Über dem Grübeln hatte ich die Zeit völlig vergessen und wurde wieder daran erinnert, als ich lautstarkes Heulen aus mehreren Kehlen hörte.
Ich erschrak, sprang hoch und guckte aus dem Fenster in den Himmel.
Vollmond!
Nein, das konnte und durfte nicht sein!
Werwölfe!
Der Fluch war also doch nicht gebrochen!
Mein Körper überzog sich mit Gänsehaut. Nicht weil ich fror. Nein, vor Angst, die mich gerade beherrschte.
Ich verstand gar nichts mehr.
Warum jetzt?
Wer waren die Verfluchten?
Etwa die Freunde von Chiron?
Das Heulen kam immer näher und ich rechnete bereits mit dem Schlimmsten.
Wo genau befand sich das Rudel und was wollte es?
War Chiron in Gefahr?
Langsam schlich ich zum Stalltor, spähte vorsichtig hinaus und wich mit einem Aufschrei zurück.
Ich starrte direkt in zwei rotglühende Augen, die mich musterten.
Meine Atmung wurde schneller. Mein Herz raste und ich hörte das Blut in meinen Adern rauschen und in den Ohren pochen.
Zurück!
Hilfe konnte ich momentan nicht erwarten, da Chiron nicht wusste, wo ich mich aufhielt.
Oder befand er sich selbst unter den Wölfen?

Ich musste zurück in den Stall!
Wenn ich die Box erreichte, war ich in Sicherheit!
Das Ganze erinnerte mich an die Szenerie aus dem Verlies.
Während ich Schritt für Schritt zurückwich, folgte mir dieses Untier zähnefletschend nach. Nur kam ich nicht weit, denn plötzlich vernahm ich ein weiteres Knurren in meinem Rücken.
Ich stockte.
Aus!
Vorbei!
Der Weg war abgeschnitten!
Stöhnend ergab ich mich in mein Schicksal.
„Also gut! Ich weiß, dass ihr mich versteht! Ihr habt gewonnen und nun fallt über mich her! Vielleicht finde ich meine verdiente Ruhe und es endet alles in dieser Zeit!"
Das größte Tier aus dem Rudel kam näher und fing an mich zu beschnuppern. Schluckend schloss ich meine Augen und wartete darauf, dass es zubiss. Das Einzige was ich verspürte war der warme Atem, der vorsichtig meine Hand streifte. Nichts geschah und ich öffnete meine Augen. Die anderen Wölfe folgten ebenfalls auf und standen im Kreis um mich herum.
„Was ist? Auf was wartet ihr? Bringt es hinter euch!"
Im gleichen Moment geschah das Unfassbare.
In meinem Kopf hörte ich eine Stimme.

»Sei gegrüßt Caer! Wir haben dich bereits erwartet! Keine Angst, wir werden dir nichts tun! Folge uns nach, denn hier befindest du dich in großer Gefahr! Nun komm!«

Ich zuckte zusammen.

Mit einem Aufschrei wich ich zurück, soweit es die Wölfe hinter mir zuließen und spürte kurz darauf eine feuchte Schnauze an meiner Hand.
„Was wollt ihr von mir?", fragte ich angsterfüllt.
Meine Stimme klang heiser.
Ich schluckte ein paar Mal, in der Hoffnung, dass sie wieder fester wurde.

»Dir helfen! Nur dort wo wir dich hinbringen, bist du geschützt! Hier bist du nicht sicher genug! Du darfst keinem vertrauen! Nicht einmal Chiron! Denk an den Wolfsgesichtigen! Wir sind deine Hüter!«

Die Druiden!
Fast hätte ich sie nicht erkannt!
Nach und nach, versammelten sich alle aus dem Rudel vor mir und starrten mich an. Wenigstens hatte ich jetzt den Rücken frei.
Argwöhnisch blickte ich in die Runde.
„Ich denke ich darf niemand vertrauen? Es waren eure eigenen Worte! Warum gerade euch?"

»Vertrau uns! Wir können dir in dieser Zeit nur in Gestalt von Tieren erscheinen! Deshalb haben wir die Wölfe gewählt! Es wird Zeit für dich uns zu folgen! Tu es, bevor es zu spät ist! Schnell!«

„Ich habe noch viele Fragen an euch! Was passiert hier wirklich?"
Die Druiden in Gestalt von Wölfen, hoben ihre Köpfe und schnupperten in den Himmel.
Ich folgte ihren Blicken und dann hörte auch ich es.
Donner grollte und dröhnte in der Ferne.
Ich zuckte zusammen, denn ich hasste Gewitter.

Blitze flackerten auf, leuchtende Funken am Horizont.
Ein Sturm schien aufzukommen!
Die Wölfe setzten sich in Bewegung und verließen die Stallung.
Ich folgte ihnen, blieb stehen und sah nach oben.
Keinerlei Sturmwolken waren zu erkennen. Die Luft war unerträglich und ich hatte das Gefühl, man konnte sie jeden Moment greifen.
Lediglich das schwarz eines mehr als unergründlichen Himmels, schien mir entgegen.
Was geschah hier?
„So wartet doch! Wohin bringt ihr mich?"
Ich erhielt keine Antwort und so folgte ich dem Rudel in angemessenem Abstand.
Konnte ich ihnen Vertrauen schenken?
Was wenn es eine Falle war?
Kurze Zeit später befand ich mich im Moor an der schäbigen Hütte, die irgendwann in der Zukunft von meinen Vorfahren zu einer behaglichen Behausung, dem Cottage umgebaut werden sollte.
Die Wölfe stoppten und blickten schweigend in meine Richtung.
„Was nun?", fragte ich stirnrunzelnd nach.

»Du wirst hier jetzt solange verweilen, bis wir uns erneut bei dir melden. Dein Leben ist in Gefahr! Halte dich an unsere Anweisung und es wird dir nichts geschehen!"

„Chiron! Was wird aus ihm? Ist er auch in Gefahr? Nun redet doch endlich!", flehte ich sie an.
Erneut wandten sich die Wölfe zum Gehen und ließen mich ohne eine plausible Antwort zurück.
Ich blickte ihnen eine zeitlang hinterher und dann waren sie am Horizont verschwunden.

Ich seufzte, betrat die Hütte und setzte mich auf das schäbige Bett.
Wie sollte es weitergehen?
Mein Blick richtete sich auf das Fenster und ich sah, dass der Himmel sich noch mehr verfinstert hatte.
Ein ungeheures Unheil kündigte sich an!
In einer Natur, die wie verwunschen aussah, saß ich verloren und ohne jeglichen Schutz, dem Kommenden ausgesetzt.
Mich fröstelte.
Es überkam mich eine eigenartige Müdigkeit, die einer Resignation wich.
Aufseufzend legte ich mich auf das Strohbett.

Ich erwachte langsam und wusste, dass ich das Feuer im Ofen anzünden sollte.
Aus irgendeinem Grund, war das Bett wärmer als gewöhnlich, und ich wollte einfach nur liegen bleiben und diese Wärme genießen.
Nur noch eine oder zwei Minuten sagte ich zu mir und kuschelte mich noch tiefer unter die dünne Decke.
»Hier stimmt etwas ganz und gar nicht« signalisierte mein *Unterbewusstsein.*
Plötzlich war ich hellwach, riss die Augen auf und das Herz schlug mir bis zum Hals.
Langsam drehte ich mich um, denn ich spürte, dass jemand neben mir lag.
Chiron!
Er war wach - und lächelte mich an.
Seine Lider waren halb geöffnet und seine dichten Wimpern verhüllten den Ausdruck seiner Augen.
Sein Haar war vom Schlafen in einer Art und Weise zerzaust, die keineswegs unattraktiv war.
Wie hypnotisiert blickte ich ihn an.

Ich wusste, dass ich jetzt hastig aus dem Bett kriechen sollte, doch ich fühlte mich wie eine von Hitze erfüllte Museumsstatute.
Ich war unfähig mich zu rühren; dennoch züngelten Flammen in meinem Inneren, so heiß, dass ich schon befürchtete, das Feuer würde mein Äußeres in aber tausend Stücke sprengen.
„Guten Morgen, Caer."
Der Klang seiner schläfrigen, heiseren Stimme ließ mich erschauern und ich rutschte etwas weg.
„Guten…..guten Morgen", stotterte ich leicht atemlos.
Seine Hand kam unter der Decke hervor und umfasste meinen Arm.
Seine Berührung löste eine heftige Reaktion in mir aus.
„Was….was willst du?"
„Ich habe mich die ganze Nacht über, mehr als gut benommen", sagte er leise.
In meinem Innern herrschte gewaltige Aufruhr.
Warum riss ich mich nicht los und verließ das Bett?
„Ich finde, dafür habe ich mir eine kleine Belohnung verdient. Meinst du nicht auch?"
Ich konnte den klopfenden Puls in meiner Halsgrube spüren, aber ich weigerte mich, näher zu rücken und meinen Empfindungen nachzugeben, die für ihn, in diesem Moment aufflackerten.
„Möchtest du ein Frühstück", gab ich von mir.
Er lachte leise, und dieser Laut klang unglaublich sinnlich in meinen Ohren.
„Das ist zwar nicht das, woran ich gedacht habe, aber es klingt trotzdem gut."
„Woran…..woran hast du denn gedacht?"
O Gott, nun ging ich tatsächlich auf sein kleines Spiel ein.

Seine Hand strich über mein Haar und ich spürte, wie sich seine Finger darin vergruben.
„Dein Haar ist wie das Feuer, das tief in deinem Innern brennt, Caer. Es verbrennt mir fast die Finger, genauso, wie mich deine Intelligenz verbrüht. Ich empfinde beide Gefühle mehr als angenehm, obwohl ich ziemlich sicher bin, dass du nicht vorhast, mir Freude zu bereiten."
Ich schluckte schwer.
Seine Finger vergruben sich tiefer in meine Haare und landeten auf meinem Hinterkopf.
Diese Berührung ließ meine Kopfhaut prickeln.
Ich stellte fest, dass ich immer noch Spaß an dem Spiel hatte, obwohl ich genau wusste, dass ich mit dem Feuer spielte.
Seine Hand löste sich von meinem Nacken und seine Finger berührten meine Wange, glitten über meine Nase und strichen dann behutsam über meine Lippen.
Ich wandte den Blick von der magischen Erregung ab, die ich in seinen Augen fand.
Bevor ich reagieren konnte, küsste er mich zärtlich und knabberte behutsam an meinen Lippen.
Nein!
Erschrocken sprang ich aus dem Bett.
„Das reicht für heute", gab ich von mir.
Chiron lachte laut auf, erhob sich und verließ ohne ein weiteres Wort an mich zu verschwenden die Hütte.
Ich eilte hinterher.
„Chiron, so warte doch!"
Er drehte sich in Zeitlupe herum und starrte mich nur an.
Seltsam!
Sein Verhalten irritierte mich!
Irgendetwas passte hier nicht!

„Warum hast du mich nicht geweckt? Ich hätte deine Hilfe dringend gebraucht! Die Druiden sind mir einen Tag zuvor, in Gestalt von Wölfen erschienen und ich musste ihnen hierher folgen zum Eigenschutz! Was ist los! Bitte kläre mich endlich auf!", bat ich.
„Ich habe dich deshalb nicht geweckt, weil ich nicht Chiron bin!", bekam ich zur Antwort und im gleichen Augenblick begann seine Gestalt vor mir zu flimmern und der Wolfsgesichtige erschien an seiner Stelle.
Ich erstarrte und wich angsterfüllt zurück.
Meine Gedanken überschlugen sich, in meinem Kopf setzte irgendetwas aus und dann hörte ich mich nur noch schreien.

„Caer! Caer! Verdammt, hör endlich auf, so entsetzlich zu schreien! Was ist passiert?", wurde ich gefragt und heftig geschüttelt.
Tom!
Ich wimmerte vor mich hin.
Verzweifelt versuchte ich mich zu beruhigen, meine wirren Gedanken zu ordnen, aber ich schwafelte wohl nur unsinniges Zeug vor mich hin.
„Was ist passiert? Rede!", wurde ich erneut gefragt.
„Chiron und der Wolfsgesichtige sind ein und dieselbe Person! Er war hier und wollte das Bett mit mir teilen! So hilf mir doch, Tom! Ich werde wahnsinnig!"
„Schwachsinn! Chiron hat den gestrigen Tag und die Nacht mit uns allen zusammen verbracht! Wir waren verzweifelt auf der Suche nach dir, nachdem dieses eigenartige Wetter auftrat! Er kann nicht hier gewesen sein! Das spinnst du dir zusammen! Ich denke du hast nur schlecht geträumt! Wie kommst du überhaupt in diese Hütte und wieso haben die Druiden dich in der Gestalt der Wölfe besucht?", hakte er nach.

„Ich muss sofort weg! Bring mich zu Chiron!", flehte ich.
Tom nickte und machte sich mit mir auf den Weg.
Schweigsam liefen wir nebeneinander her, bis wir bei Chirons Anwesen ankamen.
Ich zögerte, wollte das Haus nicht betreten, als mir die Entscheidung abgenommen wurde.
Jemand riss die Haustür auf und stürmte heraus.
Chiron!
Aufschreiend wich ich zurück und streckte abwehrend meine Hände in seine Richtung.
Er stutzte und blieb abrupt stehen.
Fragend schaute er in Toms Richtung, der auf ihn zuschritt, zur Seite nahm und den Sachverhalt erklärte.
Ich stand noch an der gleichen Stelle, hatte enorme Probleme meine Angst in den Griff zu bekommen, atmete keuchend und beäugte die Szene argwöhnisch.
Was, wenn sich erneut alles als Trugbild herausstellte und der Wolfsgesichtige mich hypnotisiert hatte um an sein Ziel zu kommen! War Tom gar nicht Tom?
Mir wurde schlecht, ich hyperventilierte, bekam Panik und rannte wie von Sinnen los.
Mein einziger Gedanke war nur noch, meinem Leben ein Ende zu setzen!
Ich wollte und konnte alles nicht mehr ertragen.
Ganz in der Nähe hatte ich bei einem meiner letzten Spaziergänge, eine kleine Schlucht entdeckt.
Ich rannte darauf zu.

Tom erklärte Chiron bis ins Detail, was vorgefallen war und das Caer einen völlig wirren Eindruck auf ihn machte.
„Wenn es stimmt, was Caer erzählt hat, läuft hier was vollkommen schief. Ich denke, sie ist auf dem Weg die

ganze Geschichte ins rechte Lot zu bringen. Unser spezieller Freund sieht seine Fälle davon schwimmen und versucht die Geschichte völlig zu ändern. Dem werden wir entgegenwirken. Ich werde mit Caer reden. Tom es ist Eile angesagt und wir müssen sie ab jetzt besonders gut beschützen."
Tom nickte und blickte in die Richtung in der Caer bis vor wenigen Sekunden noch gestanden hatte.
„Wo ist sie?", fragte er in Chirons Richtung.
Dieser sah sich suchend nach ihr um, stöhnte auf und begriff schlagartig, was sie vorhatte.
„Caer! Nein! Tu es nicht!", schrie er und rannte los.
Tom begriff und setzte sich ebenfalls in Bewegung.

Ich hörte, während ich hastig auf den Abgrund zueilte, Chiron verzweifelt hinter mir aufschreien.
»Weiter! Nur nicht stehen bleiben«, trieb ich mich selbst an.
Da ich einen gehörigen Vorsprung hatte, war ich mir sicher, dass er mich nicht mehr einholen und somit meine Absicht vereiteln konnte.
Frei!
Ich wollte nur noch frei sein!
Dieser Gedanke beflügelte mich regelrecht und ich lief noch schneller.
Dort! Einige Meter vor mir sah ich die Schlucht.
Jetzt würde alles gut werden.
Kaum hatte ich ausgedacht, sprang mich etwas hart von der Seite an und brachte mich zum Straucheln. Ich schrie auf, stolperte, stürzte und schlug mit dem Kopf auf einen Ast auf.
Für einen Moment wurde mir schwarz vor Augen.
Stöhnend rappelte ich mich auf, während mir das Blut aus der Nase lief und auf den Waldboden unter mir tropfte. Genervt wischte ich es mit dem Ärmel weg.

»Weiter! Du musst weiter!«, schrie eine Stimme in meinem Kopf.
Ich schwankte, setzte zum Weiterlaufen an, als mich jemand von hinten zurückriss.
„Nein! Ich werde es nicht dulden, dass du dein Leben so sinnlos beendest!"
Ich stöhnte auf.
Langsam wurde ich herumgedreht und blickte in die verzweifelnden Augen von Chiron.
„Lass mich gehen, Chiron! Es macht alles keinen Sinn mehr! Bitte! Wer oder was hat mich zu Fall gebracht und meine Absicht, mich in den Abgrund zu stürzen, vereitelt?", hakte ich nach.
„Ich!", kam es laut knurrend aus dem Hintergrund.
Erstaunt blickte ich auf den Wolf in unserer Nähe.
„Warum?", wollte ich wissen.
„Caer, deine Zeit ist noch nicht gekommen."
„Es ist mir egal, ob meine Zeit noch nicht gekommen ist! Ich entscheide über mein Leben selbst! Weder ihr, Chiron, noch sonst wer! Honoriert es endlich!", gab ich erbost zurück.
Der Druide in Gestalt des Wolfes blickte mich lange durchdringend an.
„Gut! Wie du es wünscht! Wir werden uns deinem Willen beugen. Ich muss zurück und lege dir ans Herz, dich unverzüglich zu melden, wenn du dich in Gefahr befindest. Versprich es!"
Ich nickte.
Kurz darauf drehte er sich um und verschwand.
Chiron sprach mich an.
„Caer? Ich würde gerne mit dir reden, auch wenn du extrem wütend auf mich bist. Es ist lebensnotwendig für uns alle. Bitte vertrau mir nur ein wenig und lass uns ins Haus zurückgehen", bat er eindringlich.

Ich überlegte kurz.
„Nein! Ich traue dir nicht mehr! Die Geschichte wird immer verworrener und wer weiß, ob genau in diesem Moment alles wieder Lüge und nicht real ist! Liefere mir einen Beweis! Irgendetwas, was diese Bestie nicht wissen kann!"
Chiron zog mich leicht an sich und flüsterte mir eine Begebenheit ins Ohr, die nur wir beide kannten.
Ich errötete, während er belustigt vor sich hingrinste.
Inzwischen war Tom völlig atemlos eingetroffen.
„Caer, du kostest mich noch den letzten Nerv! Warum machst du das? Vertrau uns endlich!", gab er von sich.
„Keine Angst, Chiron hat schon Überzeugungsarbeit geleistet. Ich komme mit zurück und hoffe endlich auf klare Worte von euch."
Jubelnd drückte Chiron mich an sich.
Auf dem Weg zurück, erzählte ich, was bisher passiert war.
„Verdammt! Ich wusste es! Diese Bestie versucht mit allen Mitteln die Begebenheiten zu seinen Gunsten zu verändern! Wir müssen jetzt doppelt wachsam sein!"
Tom nickte und bestätigte Chirons Worte.
„Ich werde die anderen zusammen trommeln und wir werden gemeinsam einen Plan ausklügeln um Caer vor den Zugriffen des Wolfsgesichtigen zu schützen."
Chiron nickte und Tom verschwand.
„Nun zu uns. Abigail ist immer noch außer Haus und wird so bald auch nicht wieder zurückkehren. Du wirst solange vor Ort bleiben, bis wir sicher sind, dass dir nichts mehr passieren kann. Hast du mich verstanden Caer? Keine Eskapaden mehr!"
„Wenn du dadurch besser schlafen kannst, werde ich deinem Wunsch nachkommen!", gab ich von mir.

Chiron grinste süffisant vor sich hin, drückte mich an sich und versuchte mich zu küssen.
Ich schob ihn weg.
„Nein! Denk an Abigail!"
„Ich habe meine Bedürfnisse, Caer!", kam es brummig von ihm.
„Jedoch nicht mit mir! Ich bin nicht deine Frau!"
„Du bist eine Frau und nur das zählt!"
„Willst du mich mit Gewalt nehmen, Chiron?", gab ich fragend zurück.
„Bitte nicht schon wieder diese alte Leier."
„Dann lass es, Chiron!"
Angesäuert verschwand er in Richtung Stallungen und ließ mich stehen.
Kopfschüttelnd sah ich hinterher.
Der Tag verlief ohne weitere Vorfälle.
Gegen Nachmittag suchte ich Chiron bei den Pferden auf und brachte ihm eine kleine Vesper vorbei.
Mit nacktem Oberkörper und völlig verschwitzt, nahm er es dankend entgegen.
Sein halbnackter Anblick ließ mich absolut nicht kalt.
Er war perfekt durchtrainiert und sein Sixpack brachte meinen Blutdruck in Wallung.
Ich stöhnte genussvoll auf.
Wohl etwas zu laut, denn Chiron grinste mich mehr als unverschämt an.
„Nun Caer? Mein Angebot steht noch! Hier und jetzt, wenn du willst!"
Provozierend langsam kam er auf mich zu.
Ich zuckte zusammen und starrte ihn nur an. Nach wenigen Schritten hatte er mich erreicht und drückte mich mit seinem Gewicht gegen das Gitter der Box.
Unfähig mich zu rühren, fing er an jede Region meines Körpers zu erforschen.

Er spielt mit mir und als ich gerade im Begriff war, seinem Drängen nachzugeben, ließ er von mir ab.
Ich gab einen enttäuschten Laut von mir.
„Erst die Arbeit, dann das Vergnügen. Ich habe noch eine Menge zu tun", gab er zurück.
Wütend wandte ich mich ab, verließ die Box und hörte Chiron lauthals hinter mir auflachen.
»Rache ist süß«, dachte ich bei mir.
Später machte ich mich im Haus nützlich.
Ich bereitete für den Abend ein leckeres Mahl zu und hoffte, dass Chiron es honorierte.
Völlig ausgepowert betrat er kurz vor der Dämmerung das Haus, sichtlich erfreut, dass ich für ihn ein Essen gezaubert hatte. Mit Heißhunger stürzte er sich darauf.
„Ich danke dir von Herzen Caer! Wenigstens kannst du kochen, was ich bei Abigail bis heute vermisse!"
Genervt verdrehte ich die Augen.
„Apropos Abigail? Weißt du eigentlich was Genaueres über ihren Verbleib?", wollte ich wissen.
Er zuckte mit den Achseln.
„Ich denke sie wir wieder einmal bei ihren Eltern sein und sich über mich ausheulen. Bei ihr weiß man nie so recht, wie man dran ist. Sie wird schon auftauchen!"
„Machst du dir denn gar keinen Gedanken, wie es ihr so geht?"
„Nein! Warum! Wozu! Jetzt löchere mich nicht ständig mit ihr! Überlege dir lieber, was wir beide heute noch anstellen!"
„Ich für meinen Teil, werde es mir in der kleinen Bibliothek noch etwas gemütlich machen und lesen. Wenn du möchtest, komm doch einfach mit", schlug ich vor.
Chiron nickte, half mir beim Abräumen und dann ging es ab zum Entspannen.

Während ich mir aus dem Regal ein Buch holte, stellte Chiron ein paar Getränke und die passenden Gläser zurecht.
„Darf ich dir einen meiner Spezialdrinks mixen?"
„Wenn er mich nicht willig macht, dann ja!"
Chiron grinste.
„Möchtest du denn willig sein?", fragte er nach.
Ich gab keine Antwort und fing zu lesen an.
Kurz darauf gesellte er sich zu mir und reichte mir ein Glas.
Ich schnupperte.
„Ziemlich alkohollastig, oder?"
„Es steht dir frei zu trinken oder nicht!"
Ich lachte, versuchte einen kleinen Schluck und war angenehm überrascht.
„Könnte ich mich daran gewöhnen", gab ich von mir.
„Es ist genügend da!", konterte er zurück.
Wir plänkelten noch etwas hin und her, bis uns nichts mehr einfiel und jeder seinen Gedanken nachhing.
Der Alkohol stieg mir nach kurzer Zeit heftig zu Kopf und machte mich schläfrig. Entspannt lehnte ich mich in die Couch zurück.

Als ich erwachte war es bereits Morgen.
Chiron war verschwunden und ich hielt mir stöhnend den Kopf.
Soweit ich mich erinnern konnte, hatte ich gestern gar nicht so viel getrunken.
Ich vertrug eben nichts.
Allerdings hatte ich einen Bärenhunger und musste unbedingt etwas essen.
Langsam erhob ich mich und suchte die Küche auf.
Dort fand ich Abigail und einen ziemlich mürrischen Chiron vor.

Das hatte mir auch noch gefehlt. Gestern war sie das Gesprächsthema schlechthin und heute saß sie live vor uns.
„Guten Morgen. Schön das du wieder da bist, Abigail. Gestern hatten wir es noch von dir. Ich hoffe es geht dir gut? Könnten wir unsere Streitigkeiten außen vor lassen und uns vertragen?", fragte ich sie.
„Natürlich! Kein Problem!", kam es zuckersüß
Ich glaubte mich verhört zu haben.
War das Abigail?
Nun, wenn es in Zukunft keinen Ärger mehr gab, war mir das nur Recht.
Wir frühstückten zusammen.
Chiron verschwand danach.
Abigail machte sich kurz darauf an die Aufgaben einer Hausfrau.
Ich verzog mich in die Bibliothek und ging somit den Streitigkeiten aus dem Weg, falls Abigail es sich anders überlegen sollte.
Tom und seine Gefährten besuchten mich fast täglich, um mir die Langeweile zu vertreiben.
In ihrer Nähe fühlte ich mich sicher und geborgen, was ich von Chiron nicht behaupten konnte.

Abigail schlich seit Tagen wie ein Stück Falschgeld um mich herum. Ihre übertriebene Freundlichkeit, gab mir ernsthaft zu denken.
Was hatte sie vor?
Wenn Chiron geschäftlich unterwegs war, schloss ich mich in mein Zimmer ein und lauschte auf jedes mir nicht bekannte Geräusch.
So vergingen die Wochen.

Eines Abends, nachdem Chiron wieder einmal einen heftigen Streit mit Abigail wegen meiner Anwesenheit hatte, verschwand sie urplötzlich.
Langsam nervte mich die Situation und ich bat Chiron um ein klärendes Gespräch.
„Du weißt doch, wie sie reagiert! Eifersucht pur! Und das grundlos!", winkte er ab.
„Chiron, nimm die Angelegenheit nicht auf die leichte Schulter. Irgendetwas hat sie vor. Ich fühle es. Seit sie weiß, dass sie keine Kinder bekommen kann, ist ihr Hass auf mich grenzenlos geworden", erklärte ich ihm.
„Wie gesagt, grundlos! Ich habe dich bis jetzt nicht mehr angerührt", gab er von sich.
„Das war auch gut so! Demnächst wird man mir die unfreiwillige Schwangerschaft ansehen können. Wir haben schon Ärger genug damit! Ich möchte uns beide nicht in Gefahr bringen! Diesmal habe ich eine Art von Vorahnung. Was, wenn sie uns die Inquisition auf den Hals hetzt? Ich habe ungewollt ein Gespräch zwischen ihr und einer Bauersfrau, die immer frische Eier liefert, durch Zufall mit angehört. Zurzeit wird die Jagd auf Hexen immer mehr ausgeweitet. Chiron, ich habe um uns ernsthaft Angst."
Er lachte.
„Du mit deiner ewigen Schwarzseherei! Schlimmer als eine Unke! Es wird uns nichts passieren!"
Resigniert gab ich meine Erklärungsversuche auf. Er wollte einfach nicht hören.
Nach dieser Unterredung vergingen weitere Wochen und Abigail blieb verschwunden.
Chiron winkte ab, wenn ich ihn darauf ansprach und meinte, dass sie schon wusste, wo sie hingehörte.

Einige Tage später, kamen wir beide uns näher.

Wir misteten die Boxen in den Stallungen aus, als ich von einem der Pferde angegangen und heftig verletzt wurde. Schützend hielt ich die Arme über den Kopf.
Während Chiron mich aus der Gefahrenzone zog, sah ich bereits mein letztes Stündchen gekommen.
„Caer, dich kann man keine Sekunde alleine lassen! Du sorgst immer und überall für Chaos! Langsam bin ich es leid, dauerhaft den Beschützer zu spielen! Reiß dich endlich etwas zusammen! Mit Abigail hatte ich bisher nie solche Schwierigkeiten!" blaffte er.
Ich schluckte, sah Chiron an und brach in Tränen aus. Heulend rannte ich ins Haus zurück und verschwand in meinen Schlafraum. Meine Nerven hingen nur noch an seidenen Fäden, die kurz vor dem zerreißen waren. Schuld daran war Abigails Abwesenheit. Ich spürte, dass in absehbarer Zeit etwas Fürchterliches passieren würde. Schniefend saß ich auf dem Bett und bekam so nicht mit, wie Chiron das Zimmer betrat und sich zu mir gesellte.
„Caer, ich wollte mich bei dir entschuldigen. Ich weiß was du im Moment durchmachst. Du denkst einfach zuviel nach. Ich habe von Abigail heute Morgen eine Nachricht bekommen, dass sie in den nächsten Tagen zurückkehren wird."
„Aber......", setzte ich an.
Chiron legte mir seinen Zeigefinger auf die Lippen.
„Psssst.....es wird alles gut! Vertrau mir! Jetzt werde ich erst einmal deine Wunde am Arm versorgen und versuchen die Blutung zu stillen. Du hattest wirklich enormes Glück. Nicht auszudenken, wenn der Hengst dich an Kopf oder Bauch erwischt hätte. Wir beide gehen jetzt nach unten, ich werde einen Kaffee für dich kochen und du ruhst dich im Arbeitszimmer aus. Nun komm!"

Ich erhob mich und folgte ihm nach.
Chiron holte aus einem kleinen Versteck eine Box mit Verbandsmaterial.
Sie einer an, dachte ich bei mir, selbst hier verzichtete er nicht auf die Annehmlichkeiten der Zukunft.
Ich grinste, was er mit einem Augenzwinkern quittierte und nach kurzer Zeit war ich gut versorgt.
„Perfekt! So und nun ab ins Arbeitszimmer, Madam. In wenigen Minuten komme ich mit frischem Kaffee, wie versprochen nach."
Ich bedankte mich und verschwand.
Erleichtert ließ ich mich auf die bequeme Couch in diesem Raum nieder und schloss die Augen.
Kurze Zeit später betrat Chiron den Raum.
„Caer, bist du wach?", fragte er nach.
Ich stellte mich schlafend, atmete ruhig vor mich hin und dann spürte ich Chiron neben mir.
Was hatte er vor?
Ich wusste es bereits!
Mein Herz schlug bis zum Halsansatz, als er sich über mich beugte und den Duft meine Haare einatmete.
„Caer?"
„Nein! Denk nicht einmal im Ansatz daran! Das Beste ist, du gehst jetzt!", flüsterte ich
Chiron stieß einen tiefen, schweren Seufzer aus.
Er würde meine Entscheidung respektieren müssen.
Ich erhob mich und durchquerte mit langen Schritten den Raum. Die Sache wurde mir zu heiß, nur hatte ich die Rechnung ohne Chirons Sturheit gemacht.
„Ich glaube Caer, die Entscheidung, ob ich gehe oder bleibe, sollte bei mir liegen. Es ist mein Anwesen oder hast du das vergessen!", gab er schroff von sich.
„Was hast du gesagt?", fragte ich nach.
Ich blieb stehen und drehte mich um.

„Es sollte immer noch meine Entscheidung sein, was ich tue!", wiederholte er.
„Für dich persönlich ja! Für mich entscheide ich selbst und du wirst mich gehen lassen müssen!"
Ich wandte mich erneut um, als Chiron aufsprang und hinter mir hereilte. Ich hatte bereits die Tür ein kleines Stück geöffnet, als er mich am Arm packte und mit einem Ruck zu sich drehte.
Aufschreiend schlug ich nach ihm.
„Verdammt! Idiot! Denkst du vielleicht daran, dass ich verletzt bin?", brüllte ich schmerzhaft.
„Halt endlich den Mund!"; bekam ich zur Antwort.
Seine Hände umklammerten fest meine Schultern, und seine finsteren, wütenden Augen fixierten mich extrem mit einem glühenden Blick.
Er küsste mich leidenschaftlich und besitzergreifend.
Chiron stieß die Tür mit dem Fuß zu, dass sie mit einem lauten Knall ins Schloss fiel, hob mich auf seine Arme und marschierte zur Couch. Ein wildes Tier, das seine Beute gejagt und gefangen hatte.
In meiner Vorstellung bestand kein Zweifel, dass er sich nehmen würde, was er von mir wollte, dass er sich mit mir vereinen und mich für einen kurzen Moment als ein Eigentum fordern würde.
Ich lächelte. Er war wieder das Tier, das ich so liebte. Wild und gefährlich.
Ich sah ihm fest in die Augen und fand sie von einem glühenden Verlangen erfüllt, dass er nur sehr mühsam unter Kontrolle bringen und beherrschen konnte. Ich vergrub meine Finger in den langen Haaren in seinem Nacken, zog seinen Kopf zu mir herunter, um meine Lippen in einem Kuss auf seine zu pressen.
Chiron stöhnte, als sein Mund meine Lippen fand und sie eroberte.

Als er mich aus seinen Armen entließ, war ich fix und fertig.
Chiron lachte mich aus und meinte, dass er langsam auf den Geschmack kommen würde.
„Was hältst du davon Caer, wenn ich den Vorschlag unterbreite, es täglich zu tun?"
Ich blieb ihm eine Antwort schuldig, schnappte mir meine Kleidung und lief so, wie Gott mich erschaffen hatte aus dem Raum, wo ich auf Abigail prallte.
Das Einzige was mir in diesem Moment durch den Kopf schoss war, absolut schlechtes Timing.
Abigail stieß einen entsetzten Schrei aus, beschimpfte mich und dann ging sie auf mich los.
Da ich meine Kleidung in den Händen hielt, konnte ich nicht schnell genug reagieren.
Sie schlug wie eine Irre auf mich ein, spuckte, kratzte und trat nach mir.
Verzweifelt rief ich nach Chiron, der kurze Zeit später in der Tür erschien und erstarrte.
„Abigail! Hör auf! Verdammt!"
Nach kurzem Gerangel mit seiner Frau, gelang es ihm, sie von mir zu lösen. Zitternd stand ich da und blutete aus mehreren kleinen Wunden.
Abigail hatte volle Arbeit geleistet.
Chiron blickte mich an, während er seine Frau mehr oder weniger auf Abstand hielt.
„Caer? Ist alle in Ordnung bei dir?", fragte er nach.
Ich nickte verstört.
„Geh nach oben, mach dich etwas frisch, zieh dich an und dann bitte ich dich zu einem klärenden Gespräch in die Küche. Ich denke es ist an der Zeit, die Fronten entgültig zu klären. So und nun zu dir Abigail! Ich hab dich vor sehr langer Zeit schon einmal gewarnt! Deine Eskapaden habe ich satt! Erst verschwindest du ohne

ein Wort und tauchst erst nach ein paar Wochen hier wieder auf! Was soll das?", wies er sie zurecht.
Ich verzog mich schuldbewusst nach oben und hörte Abigail heftig mit Chiron streiten.
Während ich meine Verletzungen versorgte, heulte ich vor mich hin.
Wie dumm war ich eigentlich.
Es war genau das eingetreten, was ich eigentlich hatte vermeiden wollen.
Kurze Zeit später eilte ich nach unten in die Küche.
Mir war mulmig zumute, aber da musste ich durch.
Ich trat ein, sah Chiron und Abigail am Tisch sitzen, die immer noch heftig und lautstark am Streiten waren und stoppte meine Schritte.
Worte wie Hexe, Inquisition und Scheiterhaufen hörte ich aus Abigails Mund.
Als sie mich erblickte sprang sie auf und bevor Chiron reagieren konnte, hatte sie sich in meinen Haaren verkrallt und riss wie eine Irre daran.
Ich schrie auf und schlug blind um mich.
Chiron ging erneut dazwischen.
Er trennte Abigail von mir und sperrte sie, wie schon einmal, in den Vorratsraum, wo sie weiter tobte.
„Caer es tut mir leid, was da gerade abläuft. Du bist in Gefahr und musst heute noch verschwinden. Abigail hat es gewagt und dich an die Inquisition verraten. Es tut mir leid, aber so kann ich dich nicht schützen. Ich werde Tom benachrichtigen, dass er dich für ein paar Tage versteckt. Sobald die Luft rein ist und sich die Gemüter beruhigt haben, werde ich dich holen und in deine Zeit zurückbringen", erklärte er.
Ich starrte ihn verständnislos an.
„War es das jetzt, Chiron? Mehr hast du mir nicht zu sagen? Eine fadenscheinige Erklärung, mehr nicht? Zu

wem stehst du eigentlich? Ich hätte es wissen müssen! Caer wird kurz flachgelegt, damit du wieder einmal deine sexuellen Bedürfnisse befriedigt hast und dann abgestreift wie ein alter Schuh! Schönen Dank auch!"
Enttäuscht eilte ich aus dem Raum.
„So warte doch, Caer! Es ist nicht so, wie du denkst! Ich liebe dich! Schützen kann ich dich nur auf andere Weise!", rief er hinterher.
Ich stoppte.
„Du liebst mich? Entschuldige, dass ich lache! Unter Liebe verstehe ich etwas anders! Ich brauche keinen Schutz! Lass es gut sein!"
Chiron stöhnte hinter mir auf.
„Caer! Bitte!"
Ich schüttelte den Kopf und eilte Richtung Haustür.
„Willst du ohne alles gehen?", hörte ich Chiron hinter mir reden.
„Ich bin mit nichts gekommen und werde mit nichts von hier verschwinden! Da wo man mich hinschicken wird, brauche ich nichts! Du kennst doch bereits den Ausgang dieser Geschichte!", gab ich zurück.
Als Chiron keine Antwort mehr gab, eilte ich aus dem Haus.
Ich wusste, was mich erwarten würde.
Warum sollte ich mich verstecken?
Nur um meine Qualen länger hinauszuziehen?
Nein!
Darauf hatte ich keine Lust!
Ich war bereit und machte mich auf den Weg in die kleine Hütte im Moor.
Dort würde mich mein Schicksal erwarten.
Ich wartete.

Mit einem lauten Krachen schlug die Haustür an die Wand.
Eine Horde Männer drängte in die kleine Hütte und zwei von ihnen, eilten auf mich zu.
Langsam wich ich zurück, stolperte über einen kleinen Schemel und fiel mit einem Aufschrei zu Boden.
„Ergreift dieses Weib und fesselt sie! Wollen wir doch sehen, was sie gegen die erhobenen Vorwürfe, dass sie eine Hexe ist, vorzubringen hat!"
Brutal rissen die beiden Kerle mich vom Boden hoch und drehten mir die Arme auf den Rücken, wo sie mir mit einem dicken Strick zusammengebunden wurden.
Ich stöhnte verhalten auf und ahnte bereits das Abigail mein Versteck verraten hatte.
Während die Häscher brutal vorgingen und mich nach draußen stießen, wusste ich was mir blühte.
Man wollte mich verbrennen!
Ich schaute in die versammelte Runde und mein Blick fiel zuerst auf Abigail und Chiron.
„Ist sie das?", fragte jemand Abigail.
„Ja! Das ist die verdammte Hexe, die meinen Mann zu wilden Spielen gezwungen hat! Sicherlich wurde ihm ein Zaubertrank eingeflösst, damit er nicht mehr Herr seiner Sinne war! Schamlos hat das Weib ihn in meiner Gegenwart bestiegen und ich musste hilflos zusehen! Verbrennt sie endlich! Ich habe erst Ruhe, wenn sie tot ist!"
Ich blickte fragend in Chirons Gesicht und er senkte schuldbewusst seinen Kopf.
„Da! Sie versucht ihn schon wieder mit ihrem Blick in ihren Bann zu ziehen!", keifte Abigail.
Ich bekam einen derben Schlag in den Rücken, schrie vor Schmerz auf, fiel und schlug mit meinem Kopf auf einen Stein. Ein stechender Schmerz durchfuhr mich.

„Seht nur! Die Hexe blutet! Schlechtes Blut! Passt auf, dass ihr nicht damit in Berührung kommt, sonst seid auch ihr willig! Teufelswerk!", schrie Abigail.
Sie hatte ihr Ziel erreicht und giftete mich an.
Einige der Dorfbewohner wichen schnell zurück und schlugen ein Kreuzzeichen. Der Rest fing an mich zu bespucken, zu beschimpfen und nach mir zu treten.
„Stopp! Sie erhält noch ihre gerechte Strafe! Ich habe zum Glück ihren Hexenkünsten widerstehen können! Seht doch!", hörte ich Chiron rufen.
Mit diesen Worten schritt er auf mich zu, kniete sich zu mir und blickte tief in meine Augen.
Sein Umhang verdeckte mich fast und so bekamen die Bewohner nicht mit, was in diesem Moment geschah.
„Verzeih mit, Caer!", ganz leise sprach er diese Worte aus und erhob sich wieder.
Ich blickte ihn noch ein letztes Mal an und hoffte auf seine Hilfe.
Nichts!
Chiron hatte mich erneut schamlos verleugnet.
So, als wenn ich nie existiert hätte drehte er sich weg, eilte zu seiner Frau und umarmte sie.
Kurz darauf waren beide verschwunden.
Was mich nun erwartete, wusste ich aus den Büchern in meiner Zeit. Die Häscher ergriffen mich. Damit ich nicht schreien konnte wurde ich geknebelt und dann brachten sie mich weg.
„Schafft die Hexe in den Turm! Gebt ihr einen kleinen Vorgeschmack auf das, was sie morgen erwarten wird! Die Inquisitoren werden schon ein Geständnis aus ihr herauspressen!", schrie einer der Anwesenden.
Es war vorbei!
Mein Leben!
Was würde aus meinen Kindern!

Aus meiner Schwester!
Für einen Moment hasste ich Chiron.
Er war schuld an allem!

Ich würde keinen von ihnen jemals wieder zu Gesicht bekommen und dieses Wissen, war das Schlimmste für mich.
Sollte ich wirklich in dieser Zeitära sterben?
Nein!
Das durfte nicht geschehen!
Etwas Hoffnung blieb mir noch!
Die Druiden!
Sicher würden sie mir hilfreich zur Seite stehen.

Die Prozedur der Inquisition griff und nach einigen Stunden, war ich bereit zu gestehen, dass ich mit dem Teufel buhlte und Chiron verhext hatte, damit er sich mit mir vereinte um ein Kind zu zeugen, dass seine Frau nie bekommen würde. Man unterstellte mir, dass ich Abigail einen Zaubertrank verabreicht hatte, damit ihr Schoß leer blieb.
Meine eigene Schwangerschaft war bereits sichtbar.
Ich konnte am eigenen Leib nachvollziehen, was für Schmerzen, von den Menschen aus grauer Vorzeit, bei so einer Befragung ertragen werden mussten.
Man hatte mich stundenlang malträtiert.
Daumenschrauben!
Streckbank, bis die Knochen fast brachen!
Kopfüber unter Wasser, bis kurz vor dem Ertrinken!
Und der schlimmste Albtraum, den es für eine Frau zu dieser Zeit jemals gab.
Stundenlange Schändung, ohne Rücksicht auf meine Schwangerschaft, durch die Inquisitoren und deren perversen Helfer.

Alles schmerzte!
Ich flehte meine Peiniger regelrecht nach dem Tod an, nur damit die Qualen endlich aufhörten.
Warum musste ich das alles erdulden!
Lachend warfen sie meinen geschundenen Körper auf das dreckige Stroh in meiner Zelle.
Der Morgen graute und mein Schicksal nahm seinen Lauf.
Brutal wurde ich aus dem Kerker geschleift, auf eine Karre geworfen und abtransportiert.
Ich rief in Gedanken verzweifelt nach den Druiden.
Nichts!
Sie konnten und durften mir nicht helfen, da bereits alles vorbestimmt war.
Kurze Zeit später hatten wir den Schauplatz wo man mich verbrennen würde, erreicht.
Das halbe Dorf wartete bereits auf mich.
Einige wichen meinen Blicken aus.
Andere bewarfen mich mit faulem Obst und Eiern.
Ich ließ verzweifelt meinen Blick in die Runde vor mir schweifen und erblickte Chiron nebst Gattin.
Während seine Frau sich keifend der Menge anschloss, stand er verloren vor mir.
Nichts regte sich in seinem Gesicht.
Da wurde ich brutal vom Wagen gezerrt und an den Haaren über den Platz geschleift.
Ich schrie auf.
Mit letzter Kraft rief ich nach den Druiden und bat sie eindringend um Hilfe.
Die Häscher fesselten mich auf dem Scheiterhaufen und zündeten ihn an.
Da hörte ich es wie aus tausend Kehlen.
Das Heulen der Wölfe!
Die Druiden waren gekommen um mich zu retten!

Als mein Blick auf das Rudel fiel, erstarrte ich vor Angst. Das waren nicht die Druiden in der Gestalt der Wölfe. Dort standen echte Werwölfe, die bereit waren zum Angriff.
Ich schrie auf.
„Oh mein Gott! Chiron! Flieh! Nein!"
Durch die Rauchschwaden erkannte ich seine Gestalt, die gerade von mehreren Wölfen angegriffen wurde.
„Caer! Vergiß nicht, ich liebe dich!"
Mit diesen letzten Worten wurde er zu Boden gerissen und dann fielen sie über ihn her.
Chiron war verloren!
Ich hustete, schrie, zog und zerrte an meinen Fesseln, die mich unerbittlich an diesem Pfahl hielten.
Und jetzt hörte ich sie wieder, diese Worte.
„Verbrennt die Moorhexe und ihr Balg!"

Ein Räuspern ließ mich aufschrecken.
Ich fuhr mit einem Schrei hoch und sah O´Reilly vor mir stehen, der mich süffisant musterte. Mein Herz raste und ich blickte mich desorientiert um.
„Willkommen zurück, Caer!"
Aufstöhnend sackte ich zurück.
Wohnzimmer?
Ohrensessel?
Hatten wir das nicht schon einmal?
Ich schlug die Hände vor mein Gesicht und schüttelte mit dem Kopf.
„Nein! Nicht noch einmal alles auf Anfang! Sag bitte, dass es keine Wiederholung gibt!"
Chiron lachte.
„Keine Angst! Du hast eine der weiteren Prüfungen gemeistert und die Endlosschleife durchbrochen! Nur teilweise, wohlgemerkt!"

„Teilweise? Nein, Chiron! Es hat sich nach wie vor nichts verändert, nur das ich wieder zurück bin! Was ist mit dir? Während ich auf dem Scheiterhaufen mein Ende erwartete, sah ich noch, wie du von Werwölfen angegriffen wurdest! War dies der Zeitpunkt zu dem du selbst einer wurdest? Wie bist du eigentlich in diese Zeit gekommen? Bin ich noch schwanger von diesem Wolfsgesichtigen? Verdammt! Ich werde gleich irre!"
„Beruhig dich! Ich werde deine Fragen der Reihe nach beantworten! Ja, es war genau dieser Zeitpunkt als ich zum Werwolf wurde! Wir sind unwiderruflich bis zum Tod miteinander verbunden! Ich wurde in diese Ära zurückgeschleudert! Jede Seele ist von Schatten und dunklen Abgründen befleckt. Sie ist auf unerwartete Weise gefangen: durch Liebe und Hass, Ängste und Leidenschaft, Neid und Wut, Lügen und Wahrheiten. Niemals wird eine auf der Erde geborene Seele frei davon sein. Sie bleibt stets in ihrem Körper gefangen. Caer, selbst wenn ich bei Abigail hätte bleiben wollen, wäre es mir nie möglich gewesen! Es ist allein unser Schicksal! Ich kann dich mehr als beruhigen, du bist nicht schwanger! Sieh deinen Körper an! Makellos!"
Ich schaute an mir herunter und stellte tatsächlich fest, dass mein Schwangerschaftsbauch verschwunden war. Erleichtert seufzte ich auf und wurde sofort ernst.
„Was hast du gerade gesagt? Selbst wenn du gerne bei Abigail hättest bleiben wollen, wäre es nicht möglich gewesen? Jetzt verstehe ich? Für dich, war ich nur immer Mittel zum Zweck, damit du jederzeit in deine Zeit zurückkehren konntest! Hört das denn nie auf? Chiron ich denke wir beide haben uns nichts mehr zu sagen! Es reicht! Ich bin es leid und werde versuchen, dass Chronoskop ohne dich zu finden. Es wird mir daher nicht sonderlich schwer fallen, wenn es vorbei

ist und alles aus meinem Gedächtnis gelöscht wird. Leb wohl! Ich kehre zurück in mein Cottage und starte von da in die Anderswelt! Wenn du ein Fünkchen Anstand in dir besitzt, lässt du mich gehen!"
Stumm blickte er mich an.
Keinerlei Regung zeigte sich in seinem Gesicht.
Game over!
Wir hatten uns nichts mehr zu sagen.
Deprimiert und traurig über diese Erkenntnis drehte ich mich um und verließ das Wohnzimmer. Auf dem Weg nach oben in meine Räume brach ich in Tränen aus.
Enttäuschung und Hass machten sich in mir breit. Er hatte nicht einmal versucht meine Anschuldigungen zu widerlegen oder sich zu rechtfertigen. Schnell hatte ich meine Habseligkeiten in den Handkoffer gepackt. Die Kleidungsstücke, die er mir im Laufe der Zeit hatte zukommen lassen, ließ ich im Schrank hängen. Nichts sollte mich je an ihn erinnern.
Ob ich je lebend aus dieser Geschichte herauskommen würde, wusste ich nicht.
Jetzt war ich auf mich alleine gestellt!
Während ich nachdachte, stellte ich mich vor diesen Spiegel, der mir bis jetzt nur Unglück beschert hatte und schaute hinein.
Geduldig wartete ich auf irgendein Zeichen.
Nichts!
Ich blickte mir nur selbst ins Gesicht.
Alles was bisher geschehen war, zog wie im Zeitraffer innerlich vor meinen Augen vorbei.
Für was hatte ich das alles erduldet?
Mit dem Erfolg, dass es jetzt zu Ende sein sollte?
Nein!
Dies war erst der Anfang von allem!

In mir stieg unendliche Wut hoch.
Auf Chiron und auf mich selbst.
Je intensiver ich nachdachte, umso mehr schlug alles in Hilflosigkeit und Verzweiflung um.
Der Spiegel musste zerstört werden!
Niemals sollte ein anderer Mensch diese Geschichte noch einmal durchleben müssen!
Resigniert griff ich nach dem Stuhl neben dem Spiegel und war gerade dabei, ihn gezielt hineinzuwerfen, als ich das Gefühl hatte, eine Gestalt darin zu erkennen.
Ich hielt zögernd inne und sah…… nichts!
Hirngespinste kam es mir in den Sinn.
Anscheinend wurde ich jetzt auch noch paranoid.
Kopfschüttelnd und etwas irritiert, stellte ich den Stuhl an seinen angestammten Platz zurück. Erneut blickte ich in den Spiegel.
Chiron!
Mit einem Aufschrei wich ich zurück, prallte auf einen Körper hinter mir und drehte mich um.
Mein Herz raste und ich schnappte nach Luft.
„Verdammt! Was willst du? Habe ich mich nicht klar und deutlich ausgedrückt?"
„Caer, nun lass dir doch etwas erklären!"
„Nein! Ich möchte von deiner Seite aus, weder etwas hören, noch sehen! Wir beide sind miteinander fertig! Geh!", brüllte ich ihn an.
Wütend schnappte ich den Koffer, eilte die Treppen nach unten um endlich dieses Anwesen zu verlassen.
Ich hörte, wie er hinter mir hereilte und dann kam die Antwort, auf die ich schon lange gewartet hatte.
„Caer! Warte doch! Bitte! Indem du den Spiegel nicht zerstört hast, wurde diese verfluchte Endlosschleife endlich durchbrochen. Es war die dritte Prüfung!"
Abrupt hielt ich inne und blickte in seine Richtung.

Chiron stand am oberen Treppenabsatz und sah auf mich herunter.
„Was sagst du da?", fragte ich verständnislos nach.
„Nun, sagen wir, sie wurde mehr oder weniger von dir unterbrochen!"
„Was nun? Immer diese schwammigen Erklärungen von deiner Seite! Entgültig durchbrochen oder nur in ihrer Funktion unterbrochen?"
Chiron räusperte sich.
„Erinnerst du dich daran, als Tom meinte ich sollte dir endlich die Wahrheit sagen?"
Ich nickte.
Dann kamen mir die Worte in den Sinn, die dieser Wolfsgesichtige zu mir gesagt hatte.

„Es ist ein Bestandteil für weitere Prüfungen! Zerbrich dir nicht dein schönes Köpfchen, du hättest es nicht verhindern können! Es wird immer und immer wieder geschehen, bis du die richtige Entscheidung triffst!"

Durchdringend sah ich Chiron in die Augen.
Wenn er jetzt mit offenen Karten spielte und mir eine plausible Erklärung geben konnte, räumte ich ihm eine Chance ein.
Er schien verstanden zu haben, denn er lenkte ein.
„Caer ich habe mich dazu durchgerungen, dir die volle Wahrheit zu sagen. Es fällt mir sehr schwer und ich tu es nur deshalb, weil ich dich auf keinen Fall verlieren möchte. Schenkst du mir etwas Zeit? Danach kannst du entscheiden, ob du bleiben oder gehen möchtest."
Ich nickte und atmete innerlich auf.
„Eine Chance! Mehr nicht!"
Chiron eilte auf mich zu, nahm mir den Koffer aus der Hand und nötigte mich somit, ihm ins Büro zu folgen.

„Bitte setz dich doch. Möchtest du einen Kaffee? Ich denke wir werden ihn brauchen, denn dieses Gespräch nimmt einige Stunden in Kauf."
„Einige Stunden? Hast du mir wirklich noch soviel zu erklären oder hältst du mich nur hin?", hakte ich nach.
„Nein, keine Hinhaltetaktik! Ich bitte dich. Es fällt mir schwer genug, dass alles zu erzählen. Danach wirst du wahrscheinlich nur noch Hass für mich empfinden."
Ein erneuter Blick von mir in seine Augen, spiegelte seine ganze Verzweiflung und Angst wieder.
„Okay! Chiron ich werde dir, wie so oft zuhören und danach meine Entscheidung treffen. Enttäusche mich nicht!"
Er nickte und machte sich auf den Weg in die Küche.
Ich machte es mir auf der Couch bequem, schloss die Augen, versank in Gedanken und hoffte, dass Chiron mir gegenüber mit offenen Karten spielte.

Chiron war glücklich, dass sie ihm eine letzte Chance eingeräumt hatte. Auf keinen Fall durfte er sie diesmal enttäuschen. Heute ging es um Alles oder Nichts.
Während der Kaffee durchlief, setzte er sich auf einen Stuhl und überlegte sehr intensiv, an welcher Stelle er am besten anfangen konnte.
Diesmal würde es nicht so einfach sein.
Der Kaffe war fertig.
Chiron erhob sich, stellte alles auf ein Tablett und eilte zurück in sein Büro.

„Caer!"
Der Aufschrei riss mich aus meiner Lethargie.
Erschrocken öffnete ich die Augen und bekam noch mit, dass ich extrem hart neben der Couch aufschlug.
„Autsch! Verdammt!", fluchte ich vor mich hin.

Ich setzte mich hoch, rieb mir den Kopf und schaute mich benommen um.
Chiron eilte auf mich zu und kniete sich neben mich.
„Alles in Ordnung bei dir? Es scheint mir, als wenn deine Kräfte zurück sind", bemerkte er.
Langsam zog er mich an sich.
„Ja! Ohne jegliche Vorwarnung und mit schmerzlicher Erfahrung", erwiderte ich.
Seine Nähe machte mich seltsam schwach.
Zeitgleich gefiel es mir.
„Bitte lass mich los!", gab ich unsicher von mir.
Pustend versuchte ich mein Haar aus meinem Gesicht zu entfernen, damit ich wieder sehen konnte.
Er war gefährlich nahe.
„Chiron! Ich möchte, dass du mich loslässt!"
„Bist du dir da so sicher?"
Ich schluckte und in diesem Moment sah er mich an. Forschend musterte er mein Gesicht, und seine Iris verdunkelte sich.
Ich fühlte mich hin und her gerissen und wusste, wenn ich ihm nicht energisch widersprach, gab ich ihm im Grunde damit zu verstehen, dass ich von ihm geküsst werden wollte. Verwirrt starrte ich in sein Gesicht und sein sinnlicher Mund zog meinen Blick magnetisch an. Mir wurde klar, dass ich mich nicht abwenden würde. Chiron senkte den Kopf und berührte meine Lippen mit den seinen. Zärtlich und prüfend erst, dann immer fester. Mein Herz in der Brust hämmerte wild. Nein! Ich versuchte ihn von mir zu stoßen und das Gesicht abzuwenden. Plötzlich hob er seine Hand und dann umschlang er meinen Hinterkopf. Ich wusste, dass ich mich gegen seine Kraft nicht zur Wehr setzen konnte, doch ich weigerte mich, in irgendeiner Form auf seine Küsse zu reagieren. Zu meiner Bestürzung, war mein

Körper ganz anderer Meinung. Seine Zunge fand die meine und ich ertappte mich dabei, wie ich seinen Kuss erwiderte. Ich keuchte vor Erstaunen auf und je mehr sich meine Abwehr schwächte, desto williger gab ich mich ihm hin.
Plötzlich, viel zu plötzlich, zog er seinen Kopf zurück und starrte mich durchdringend an.
„Aha", murmelte Chiron süffisant, „da verbirgt sich doch tatsächlich unter diesem harten Panzer eine sehr sinnliche, lebendige Frau, so wie früher."
„Ich wusste es, dass du deine animalischen Instinkte nicht unterdrücken kannst", antwortete ich enttäuscht. Bestimmend schob ich ihn von mir und stand auf.
„Sicher kann ich das! Nur ich will nicht!"
„Mir scheint, du hast mich ohnehin in deiner Gewalt."
„Darauf kannst du wetten!", erwiderte er.
Bevor ich reagierte, zog er mich zurück.
Ich sah ihn an.
„Was willst du noch?"
Seine Finger streichelten meinen Nacken und sandten Schauer der Erregung über meine Wirbelsäule.
„Nicht!", bat ich ihn, während ich den Blick von der magischen Erregung abwandte, die in seinen Augen zu erkennen war.
„Ich finde, dafür, dass ich dir gegenüber mit offenen Karten spiele, habe ich eine klitzekleine Belohnung in diesem Sinne verdient. Meinst du nicht auch?"
Ich schluckte schwer.
„Du bist grob, grausam, absolut widerwärtig und das Schlimmste ist, dass du auch noch deinen Spaß daran hast, Chiron!", brüllte ich ihn an und hoffte, dass er mich nach diesen Worten los ließ.
Nichts dergleichen geschah.
Im Gegenteil.

Seine Hände glitten langsam über meine Arme. Als seine Finger meine Brüste streiften, glaubte ich, meine Knie würden unter mir nachgeben. Zärtlich strich er mein Haar zur Seite, legte ein Ohr frei und küsste es behutsam, während er dann liebevoll daran knabberte. Ich floss dahin, vergaß alles um mich herum, während Chiron mich auf seine Arme hob. Seufzend schloss ich meine Augen und dachte gar nicht daran, die Prüde zu spielen, nicht heute Nacht. Diesmal waren nur wir beide vor Ort. Keine Abigail! Keine Vergangenheit!
Ich wollte nur noch genießen.
Er trug mich zur Couch, ich blinzelte vorsichtig unter meinen Augenlidern hervor und konnte deutlich die Erregung in seinen Augen erkennen. Ich fröstelte, als stünde ich draußen im Schnee. Gleichzeitig hatte ich das Gefühl, stellenweise zu glühen.
Langsam knöpfte er sein Hemd auf, warf es über den Sessel neben der Couch und fuhr mit der Jeans fort.
Ich holte tief Atem und stieß ihn langsam wieder aus.
Chiron glitt grinsend an meine Seite und entkleidete mich ebenfalls.
Bereitwillig ließ ich es geschehen.
Dann lag er neben mir und zog mich an sich.
Überdeutlich konnte ich ihn dort unten spüren, denn wir waren so eng aneinander gepresst, dass selbst ein Grashalm keinen Platz mehr zwischen uns gefunden hätte.
Sein Atem ging stoßweise, als er sich an mich presste und seine Hand liebkoste jeden Zentimeter meiner heißen Haut und sandte kleine Schauer prickelnden Verlangens aus.
Danach kam die Ernüchterung.
Als mir das bewusst wurde, hatte Chiron den Raum bereits verlassen.

Verwirrt, dass ich es hatte geschehen lassen, erhob ich mich ebenfalls, raffte meine Kleidung zusammen und verließ fluchtartig das Zimmer.
Wieder hatte er seinen Willen bekommen und ich war extrem wütend auf mich.
Zwei Stufen gleichzeitig nehmend, huschte ich in mein Zimmer und verschwand unter die Dusche.
Kaltes Wasser, welches über meinen Körper strömte, ließ mich wieder klar denken.
Kurz darauf verließ ich das Bad.
Während ich mich anzog wurde mir bewusst, dass ich Chiron entgültig zur Rede stellen musste.
Verweigerte er sich erneut, so musste er diesmal mit den Konsequenzen leben.
Zielstrebig machte ich mich auf die Suche und fand ihn in der Küche.
Seinen Kopf auf die Hände gestützt, saß er am Tisch und starrte vor sich hin. Als er mich bemerkte, sah er auf.
„Caer ich……."
Ich ließ ihn nicht zu Ende reden.
„Chiron halt die Klappe! Caer hat die Schnauze voll von deiner Hinhaltetaktik und deinen Lügen! Ich will sofort wissen, was Sache ist! Weigerst du dich erneut, bin ich entgültig verschwunden! Ich kann nicht mehr! Solange du es nicht verstehen willst, sind wir ab sofort geschiedene Leute, auch wenn wir gerade miteinander Sex hatten! Also?"
Er zögerte.
Wortlos und enttäuscht machte ich auf dem Absatz kehrt, griff meinen Koffer, der neben der Küchentür stand und eilte zur Haustür.
Chiron rief hinter mir her, was ich ignorierte.

Nichts, rein gar Nichts würde mich aufhalten, hier zu bleiben.
Wütend riss ich die Tür auf und prallte wieder einmal mit Tom zusammen.
„Hoho! Schön langsam mit den jungen Pferden. Tolles Timing! Wie ich sehe, gab es zwischen euch Stress. Ich frag mal lieber nicht nach um was es ging. Chiron wird es mir gleich erklären. Wir sehen uns später Caer!"
Wortlos stürmte ich nach draußen, setzte mich in mein Auto und fuhr los in Richtung Cottage. Jetzt wollte ich nur entspannen und keinen von der Bande in nächster Zeit sehen.
Meine Gedanken überschlugen sich wie immer und dann stand ich vor meiner Behausung.
Entnervt schloss ich auf, trat ein und genoss die Stille, die mich umgab. Alles war beim Alten, so als ob ich nie weg gewesen war.
Nachdem ich den Generator zum Laufen gebracht hatte machte ich es mir bequem.

„Chiron?!"
„Küche! Komm herein!"
Tom eilte in die Richtung aus der die Rufe kamen und erblickte Chiron.
„Na, alter Haudegen? Caer ist gerade ziemlich wütend und ohne ein Wort an mir vorbeigerauscht. Alles wie gehabt bei euch? Mein Gott! Wie siehst du denn aus? Alles in Ordnung? Wohl nicht, soweit ich das mal wieder erkennen kann. Möchtest du darüber reden?"
„Verdammt! Tom, ich habe alles versaut! Diesmal wird Caer nicht mehr zurückkommen. Ich bin ein Idiot!"
„Ich werde keinesfalls widersprechen! Schön das du selbst darauf gekommen bist!", gab er von sich, „was ist diesmal vorgefallen?"

Die Geschichte war schnell erzählt.
„Tja, dass war es nun", gab Chiron geknickt von sich.
Tom musste lachen.
„Ihr seid mir vielleicht ein Pärchen. Soll ich mit Caer reden?", hakte er nach.
„Nein! Diesmal muss ich es selbst wieder richten. Ich hoffe nur, dass Caer mir noch eine Chance einräumt. Die Letzte habe ich ja völlig verkackt. Ich werde aber erst im Laufe des morgigen Tages zu ihr gehen. Für heute hat sie genug und muss zur Ruhe kommen."
„Ich denke, dass sie dir eine neue Chance gibt, denn sie scheint dich sehr zu lieben. Bis jetzt hat sie alles so gut wie möglich gemeistert. Versuche dich wenigstens einmal in sie zu versetzen und dann wirst du verstehen was sie bedrückt. Sie weiß, dass sie alles immer wieder erlebt hat und dass es nun an ihr liegt, wie es weiter geht oder ob es im Wesentlichen überhaupt noch Sinn macht! Sie hat Angst, alles in den Sand zu setzen, denn ihre Erinnerung springt immer wieder auf Null zurück, wenn sie sich falsch entscheidet."
„Tom! Du weißt genau, dass ich ihr nicht alles offen auf den Tisch legen kann! Die Zeitschleife! Sie ist nur teilweise durchbrochen! Die schwerste Prüfung steht noch bevor und ich kann und darf keinen Tipp geben. Ich leide genauso wie sie", gab Chiron von sich.
„Ich weiß! Nur wie du es im Moment handhabst und sie dauerhaft ablenkst, indem du es über die Basis Sex versuchst, wirst du niemals an sie herankommen."
Chiron nickte.
„Du hast Recht! Ich werde in den sauren Apfel beißen müssen. Der Fluch! Wir sind beide mehr oder weniger bis zum Tode miteinander verbunden."
Tom klopfte ihm auf die Schulter und gab noch einige Tipps mit auf den Weg.

Bis in die frühe Morgenstunde saßen beide zusammen und schmiedeten einen Plan, den auch Caer fürs Erste akzeptieren konnte.

Mitten in der Nacht erwachte Caer.
Ruckartig setzte sie sich auf, schaute in die Dunkelheit ihrer Behausung und horchte.
War da ein Geräusch gewesen?
Sie lauschte erneut angestrengt.
Nichts!
Ging das schon wieder los?
Was sollte sie jetzt tun?
Langsam erhob sie sich und tastete sich in die Küche vor.
Noch bevor sie den Kühlschrank öffnen und sich was zum Trinken nehmen konnte, flimmerte die Luft vor ihr.
Erschrocken wich sie langsam zurück und starrte auf die Gestalt, die sich vor ihr materialisierte.
Caer schrie wie am Spieß, als sie den Wolfsgesichtigen erkannte, der lachend auf sie zu schritt.

„Nun? Du entkommst mir nicht! Finde dich damit ab! Dummerweise hast du dich von Chiron getrennt und bist mir jetzt schutzlos ausgeliefert! Ich werde dich in die Anderswelt mitnehmen! Die Sache muss endlich zu Ende gebracht werden! Diesmal hast du keinerlei Chance zu entfliehen!"
Ich erwachte nach diesen Worten wie aus einer Trance und da fiel mir ein, dass ich meine Kräfte wieder hatte.
Bevor dieser Fiesling nach mir greifen und mit mir verschwinden konnte, sprach ich eine der Formeln aus und wurde von einer Art Kraftfeld umgeben.

Wütend schrie mein Gegenüber auf und verschwand nach einigen vergeblichen Versuchen, dieses Feld zu durchbrechen.
„Ich bekomme dich schon noch! So einfach werde ich es dir sicher nicht machen! Du entkommst mir nicht, du verfluchte Hexe!", brüllte er.
Schluchzend sank ich zu Boden und wünschte Chiron an meine Seite. Da ich nicht wusste, wie lange dieses Feld um mich bestehen blieb und ob es sich überhaupt aufrechterhielt, falls ich einschlafen sollte, verbrachte ich die ganze Nacht schlaflos auf dem Boden. Meine Nerven waren kurz vor dem Zusammenbruch und ich bekam nicht einmal mit, wie Chiron mich anschrie.

„Caer? Caer! Verflucht! Wach auf!"
Chiron kniete sich zu Caer und versuchte sie aus ihrer Starre zu holen.
Jeglicher Versuch dieses von ihr erzeugte Energiefeld zu durchbrechen, war gescheitert.
Was zum Teufel war geschehen!
Ohne Gegenzauber ein sinnloses Unterfangen.
Also, blieb ihm nur die einzige Möglichkeit.
Er musste warten bis Caer wieder zu sich kam.

Jemand rief wiederholt meinen Namen.
Dumpf drang er an meine Ohren.
Ich öffnete meine Augen und erblickte Chiron, der wild mit seinen Händen gestikulierte und mir Zeichen machte, die ich nicht verstand.
Verständnislos schaute ich ihn an, bis mir irgendwann bewusst wurde, dass sich dieses Schutzfeld noch um mich befand und undurchdringbar für jedermann war.
Ich ließ es verschwinden und atmete erleichtert auf.
„Caer, endlich!"

„Chiron! Schön dich zu sehen. Bitte bring mich zu dir nachhause. Ich bin völlig entkräftet und muss ein paar Stunden schlafen. Hier kann ich auf keinen Fall mehr alleine bleiben. Der Wolfsgesichtige hat mir in der Nacht einen Besuch abgestattet. Nur mit Hilfe dieses Schutzfeldes konnte ich ihn hindern, mich erneut zu entführen", gab ich von mir.

„Verdammt! Du forderst es immer wieder heraus mit deiner Engstirnigkeit! Begreife doch endlich, dass du ohne meine Hilfe verloren bist. Alleine schaffst du es nicht! Ist das so schwer zu verstehen? Warum geht das nicht in deinen Dickschädel?"

„Hör auf, mir dauerhaft Vorwürfe zu machen, sonst kannst du verschwinden! Ich kann selbst entscheiden, was gut ist und was nicht!", gab ich bissig zurück.

Chiron sah mich eine zeitlang ruhig an, bevor er zu einer Antwort ansetzte.

„Okay! Du wirst augenblicklich deinen Koffer packen und mit zurück in mein Anwesen kommen! Denke nicht einmal daran, mir zu widersprechen! Mir reicht es einfach mit deinen Entscheidungen, die uns beide mit Sicherheit noch den Tod bringen werden! Caer, ich wende zur Not auch Gewalt an! Also?", gab er von sich.

Seine Stimme hatte entschlossen geklungen und ich wusste, dass er seine Androhung in die Tat umsetzen würde.

Ich lenkte ein.

„Auch wenn es mir nicht gefällt und ich Bedenken habe, werde ich deinem Befehl nachkommen und mit dir gehen. Chiron, du bist ein herzloses Geschöpf der Nacht und ich werde in der ewigen Finsternis deines Schattens verdorren, wie eine Blume ohne Sonne."

Nach diesen Worten zuckte er sichtlich zusammen.

„Ich werde deine Meinung akzeptieren müssen, auch wenn deine Worte mich schwer getroffen haben. Ich mag wohl teilweise ein Geschöpf der Nacht sein, aber herzlos bin ich mit Sicherheit nicht. Gut, lassen wir das. Nun komm", gab er leise von sich.
Ich nickte und er nahm mir den Koffer aus der Hand.
Nachdem ich das Cottage verschlossen hatte, setzte ich mich zu ihm ins Auto.
Die Heimfahrt verlief stillschweigend und man hätte eine Nadel fallen hören können.
Resigniert schaute ich während der Heimfahrt aus dem Fenster und wünschte, dass alles nur ein Traum war und ich endlich aufwachen würde.
„Caer ich verspreche dir, dass ich dich in Ruhe lassen werde, solange du dich in meiner Obhut befindest. Du kannst die kleinere Bibliothek jederzeit nutzen und die dort vorhandenen Bücher lesen, wenn es dir langweilig wird."
„Was ist mit dem Wintergarten? Räumst du mir auch dort Freiheit ein?", hakte ich nach.
„Nein! Du weißt warum! Sprich es bitte nicht mehr an! Dieses Thema haben wir bereits durch und ich werde es nicht noch einmal erläutern!"
Langsam wurde ich wütend.
„Chiron, ich unterbreite dir jetzt einen Vorschlag! Was hältst du davon, wenn du mich in Ketten legst und in einen der Kerkerzellen im Kellergewölbe unterbringst? So ist deinen Forderungen in jeder Hinsicht Genüge getan!"
„Das wiederum glaube ich kaum! Vielleicht werden dadurch deine Kräfte noch gestärkt! Bedenke, du hast sie bis jetzt, nur bruchstückweise zurückbekommen. Wer weiß, was noch in dir steckt! Ich habe keine Lust vor einem Trümmerhaufen von Haus zu stehen. Dort

unten im Kellergewölbe sind immer noch die beiden Steinaltäre aktiv. Wer weiß, was passiert, sobald du dich in ihrer Nähe aufhältst?"
Ich lachte.
„Dazu brauche ich nicht das Gewölbe zu betreten! Ich habe seit geraumer Zeit Kontakt zu ihnen! So schwach und schutzlos, wie du vermutest bin ich nicht mehr", gab ich wissend von mir.
Chiron trat abrupt auf die Bremse.
Ich flog nach vorne und knallte mit der Stirn gegen die Windschutzscheibe.
Schmerzhaft schrie ich auf.
„Idiot, was soll das!", brüllte ich.
Chiron grinste mich unverschämt an.
„Soviel zu nicht mehr schutzlos!", gab er zurück.
„Halt deine Klappe und fahr sofort weiter", gab ich wütend von mir.
„Erst wenn du dich angeschnallt hast."
Ich folgte seiner Aufforderung und ärgerte mich mehr als einmal, über meine Nachlässigkeit zu Tode.
„Caer, ich habe einen Entschluss getroffen! Du wirst für den Rest der Zeit in der kleinen Bibliothek deinen Platz finden. Hast du dagegen etwas einzuwenden?"
„Nein! Mach was du willst! Ich habe eh keine Chance gegen dich!"
„Gut, dann sind wir uns ausnahmsweise einmal einig! Ich habe bereits alles veranlasst und du wirst deine privaten Sachen dort vorfinden!"
„Danke!"
„Mehr hast du nicht zu sagen?", fragte er nach.
„Nein!"
Kurz nachdem wir in seinem Anwesen angekommen waren, verzog ich mich wortlos in die neuen Räume.
Chiron folgte und reichte mir meinen Koffer.

„Falls du hungrig bist, weißt du ja, wo du alles findest. Die oberen Räume sind tabu, was auch weiterhin für den Wintergarten gilt! Halte dich an unsere Absprache und wir kommen bestens miteinander aus!"
Wortlos wandte ich mich ab und ergab mich in mein Schicksal.
Irgendwann würde ich es Chiron heimzahlen.

Nach zwei Wochen fiel mir die Decke auf den Kopf und ich glaubte verrückt zu werden.
Ich fing an, die Regale der Bibliothek und die darin befindlichen Bücher vom Staub zu befreien.
Eines Tages stieß ich dabei auf ein Regal an dem sich ein Riegel befand.
Neugierig, wie ich war, zog ich daran und da passierte es.
Das Regal schwang zurück.
Ich stutzte.
Warum hatte Chiron mir verschwiegen, dass es in der kleinen Bibliothek eine weitere Geheimtür gab?
Was versteckte sich dahinter?
Ich war mehr als sauer auf ihn.
Gerade als ich die Öffnung genauer betrachten wollte, erschien er auf der Bildfläche.
„Ich habe für uns beide eine Kleinigkeit gekocht und wollte dir Bescheid geben, dass ich dich dann abholen werde. Caer?! Komm da sofort herunter, bevor du dir sämtliche Knochen im Leib brichst! Was machst du da eigentlich?", fragte er hastig.
„Siehst du doch! Ich putze!", gab ich zurück.
Vorsichtig und ohne, dass er es bemerkte, drückte ich das Regal in seinen Ursprung zurück.
Später, wenn er mich zum Essen holte, wollte ich ihn zur Rede stellen.

Wie immer, nahmen wir unsere gemeinsame Mahlzeit, schweigend zu uns.
Ich räusperte mich, fing ein Gespräch an, dass ich in Richtung Bibliothek und des Regals lenkte.
„Was ist hinter der Wand, die ich vorhin putzte? Lüg mich nicht wieder an! Du weißt um was es geht!"
Chiron verschluckte sich an seinem Essen und hustete verzweifelt vor sich hin.
Kurze Zeit später hatte er sich gefangen und stand mir Rede und Antwort.
„Ich weiß es nicht Caer! Jedes Mal, wenn ich diesen mysteriösen Raum betreten habe, wurde mir nach kurzer Zeit schwarz vor Augen und ich fand mich am nächsten Morgen im Vorraum wieder!"
Ich lachte.
„Ja klar und ich bin der Weihnachtsmann! Hör endlich auf, mich für blöde zu halten! Ich glaub dir nicht!"
Wütend erhob ich mich.
„In den alten Chroniken, wird er mehrfach erwähnt und scheint auch eine Funktion zu haben, aber noch nie konnte einer meiner Vorfahren dort gezielt hinein und ihn erforschen. Ich weiß nur aus mündlichen und einigen schriftlichen Erwähnungen, dass er ein großes Geheimnis bergen soll! Es gibt irgendwo den Saal des Wissens! Keiner weiß bisher wo er sich befindet und was er beinhaltet. In den Überlieferungen steht etwas von einer Dimension der übergreifenden Kammer, in der vier Elemente vorherrschen sollen. Diese werden von einem Element zusammengehalten. Dem Fünften! Auch hier weiß keiner genau, welches Element es ist. Ich denke, es handelt sich um genau diesen Raum."
Mir fiel es plötzlich wie Schuppen von den Augen und ich verstand.
„Doch! Ich weiß es!"

„Wie du weißt es?", fragte er verständnislos nach.
Ich erhob mich und verließ wortlos die Küche.
„Caer so warte doch! Wohin willst du denn? Kann ich dir helfen?", rief er hinter mir her.
„Nein! Vertrau mir einfach!", gab ich zurück.
Mit einem Schlag war mir bewusst geworden um was es hier ging. Es war so einfach und lag so nahe. Schon längst hätte ich dahinter kommen müssen. Wie dumm war ich eigentlich. Zumindest aus diesem Bann konnte ich Chiron erlösen, aber ich würde es ihm nicht sagen. Er sollte leiden, so wie ich die ganze Zeit.
Liebe war das Zauberwort und fünfte Element!
Ich war der Schlüssel dazu!
Lächelnd nahm ich auf der kleinen Couch in meinem Gefängnis Platz und versuchte zu schlafen.

Ein neuer Tag brach an.
Die ganze Nacht hatten mich Albträume gequält und ich erhob mich wie gerädert.
Ich sah mich um.
Die Bibliothek war ein angemessener düsterer Ort um meinen Kummer zu nähren.
Die dunklen, ledergebundenen Rücken der zahlreichen Bücher starrten mich auffordernd an, dass Geheimnis endlich ans Licht zu bringen.
Zweifel überkamen mich.
Ob dass, was ich vorhatte, nicht ein Vertrauensbruch gegenüber Chiron war?
Ich blickte zum Fenster.
In der Nacht hatte es geregnet und von den Bäumen tröpfelte das Wasser.
Der Himmel war von einem kalten, silbrigen Weiß.
Noch zögerte ich, dann gab ich mir einen Ruck und eilte zielstrebig zum Bücherregal.

Ich drückte gegen eines der Bretter, was mir endlich den Zugang in dieses Zimmer gewähren würde.
Mit einem Klick öffnete sich die Tür einen Spalt breit.
Ich sah mich um und vergewisserte mich, dass Chiron nicht in der Nähe war.
Eilig huschte ich hinein und war ziemlich überrascht und mehr als überwältigt.
Hier befand sich ein weiteres Arbeitszimmer, voll mit Büchern bis an die Decke und ähnlich mit Mobiliar bestückt, wie im Vorraum.
Was versuchte Chiron vor mir zu verbergen?
Etwas war hier faul!
Sehr faul!
Mein Blick fiel auf den Schreibtisch.
Langsam schritt ich darauf zu.
Vor mir lag ein in von Hand gebundenes Buch, auf dessen schwarzem Ledereinband, dass Wappen der Familie O´Reilly tief eingeprägt worden war.
War dies Chirons Tagebuch?
Vorsichtig strich ich darüber und hatte das Gefühl, als wenn es mich aufforderte *»Lies mich!«*
Durfte ich das?
Wie immer, siegte trotz aller Bedenken die weibliche Neugier.
Ich ergriff das Buch vor mir, schlug es erwartungsvoll auf und erstarrte.
Nichts!
Das Vorsatzblatt trug nur Chirons Namen.
Enttäuscht klappte ich es zu und schob es zurück.
Nun wusste ich zwar, dass es ein Geheimzimmer gab, hatte jedoch keinerlei Ahnung wo ich ansetzen musste.
Allmählich wurde ich misstrauisch. Ich erhob mich um zu gehen, als plötzlich das Regal hinter mir zufiel.
Nein!

Nicht das auch noch!
Verzweifelt drückte ich dagegen, erzielte jedoch keinen Erfolg. Der Versuch irgendwo einen Hebel zu finden, der mich aus meinem unfreiwilligen Gefängnis entließ, scheiterte ebenfalls. Mir blieb nichts anderes übrig, als nach Chiron zu rufen. Ein dicker Kloß saß mir in der Kehle. Wie sollte ich ihm erklären, was ich vorgehabt hatte. Es zu beschreiben hieße sich mehr und mehr in Klischees zu verlieren.
Trotzdem!
Ich musste hier so schnell wie möglich raus!
Dieser Raum besaß keinerlei Fenster.
In absehbarer Zeit, würde der Sauerstoff ausgehen.
Ersticken war nicht gerade das, was ich wollte.
Panik ergriff mich.
Ich schrie um Hilfe und hämmerte mit beiden Fäusten eine geraume Zeit auf das Regal ein.
Nichts!
Niemand kam um mich zu retten.
Für mich war es wie das Ende der Welt.
Ich ging zurück und ließ mich auf das Sofa sinken, um nachzudenken.
Dieses finstere Zimmer schien mir ein angemessener Ort zu sein, um über das schreckliche Geheimnis des Todes zu sinnieren.
Nach einiger Zeit wurde mir bewusst, dass es so nicht enden durfte.
Ich erhob mich und startete einen neuen Versuch.
Nach einer guten halben Stunde gab ich auf. Meine Hände schmerzten und meine Stimme klang bereits wie das krächzen einer Krähe.
Da fiel mir siedend heiß ein, dass ich meine Kräfte zu nutze machen konnte.
Wie dumm war ich eigentlich?

Gezielt richteten sich meine Gedanken auf das Regal.
Ich sprach die geheime Formel, die mich aus diesem Verließ so schnell wie möglich entlassen würde.
Allerdings erzielte ich nicht den gewünschten Erfolg.
Sämtliche Bücher flogen mir um die Ohren. Ich schrie auf und ging zu Boden, als mich ein besonders dickes Exemplar erwischte. Benommen richtete ich mich auf und hielt meinen schmerzenden Kopf fest, während warmes Blut über meine Augen tropfte.
Super!
Es war das Einzige, was ich in dem Moment noch klar denken konnte, bevor ich umkippte.

Schreiend schoss ich hoch und schlug um mich. Dabei stieß ich die Wasserkaraffe, die immer auf dem kleinen Tisch neben dem Sofa stand, um.
Klirrend zerschellte sie am Boden.
Was für ein Albtraum!
Oder nicht?
Mein Blick durchstreifte den Raum.
Die eichene Wandtäfelung im Raum, schluckte jeden fahlen Sonnenstrahl, der sich durch die großen Fenster herein verirrte.
Es war ein kalter stürmischer Tag.
Der Himmel war nicht aufgerissen wie erhofft, hatte keinen Streifen blau sehen lassen, sondern sich nur zu einem trüben Silbergrau verfärbt.
Die hohen Kiefern ächzten und peitschten im Wind.
Wie ich dieses Wetter hasste!
Ein paar Scheite glommen im Kamin und mein Blick fiel auf Chiron.
Er saß allein neben dem Kamin, trank eine Tasse Tee und las eine Zeitschrift.
Lächelnd blickte er auf.

„Ah, da bist du ja wieder, Caer. Ich habe mich schon gefragt, wann du aus deiner Ohnmacht erwachst. Du siehst totenblass aus, altes Mädchen. Was macht deine Verletzung? Schmerzt sie arg? Willst du mitkommen ein bisschen frische Luft schnappen? Wir haben noch Zeit vor dem Mittagessen. Außerdem bist du mir eine Erklärung schuldig!"
Ich zuckte krampfhaft zusammen und senkte meinen Blick, während mir Tränen in die Augen schossen.
„Caer? Was ist nun? Denk an die Erklärung!"
Ich hob den Kopf und versuchte zu sprechen, doch kein einziges Wort kam über meine Lippen.
Chirons Blicke durchbohrten mich.
„Also?"
Schon war es mit meiner Beherrschung vorbei und ich heulte los. Ich wünschte, ich hätte mich auf mein Zimmer zurückziehen und ohne jeglichen Zeugen diesen Gefühlsausbruch hinter mich bringen können.
Chiron erhob sich schweigend, schenkte ein kleines Glas Sherry ein und reichte es mir.
„Trink aus!", befahl er.
Ich leerte das Glas auf einen Zug ohne Widerspruch.
„Ich warte auf deine Erklärung! Immer noch!"
Als ich wieder zusammenhängend reden konnte, gab ich ihm einen kurzen Abriss der Geschehnisse.
„Caer, du hättest nicht alleine gehen dürfen! Legst du es darauf an zu sterben? Unverantwortlich! Wieso hast du nicht Bescheid gegeben? Deine Handlungsweise spottet jeder Beschreibung! Ich sollte dir den Hintern versohlen!", schimpfte er.
„Du hast keine allzu hohe Meinung von mir, wenn es solch grober Klötze bedarf um mich zu beschämen."
Chiron füllte mein Glas nach.
„Trink!"

Während ich da vor dem behaglichen Kaminfeuer saß und den süßen Sherry schlürfte, fiel alle Anspannung von mir ab.
Eine träge Röte stieg mir ins Gesicht.
Sie wurde zweifellos verstärkt von den ungewohnten Mengen an Alkohol, die ich innerhalb kürzester Frist zu mir genommen hatte.
Wie ich mich doch danach sehnte, nach oben in mein Zimmer zu laufen, mich unter meine warme Bettdecke zu verkriechen und nur noch zu schlafen. Krampfhaft versuchte ich mich wach zu halten. Mir fielen immer wieder die Augen zu und dann schlief ich ein.

Unsanft wurde ich geweckt.
„Aufwachen! Essen ist fertig!"
Chiron schüttelte mich grob an der Schulter.
Ich schlug nach ihm und brüllte zurück.
„Verschwinde! Ich habe keinen Hunger!"
„Du stehst jetzt auf! Sofort!"
Völlig verpeilt erhob ich mich und starrte ihn giftig an.
Außerdem hatte ich tierische Kopfschmerzen von den nachmittäglichen Exzessen.
Chiron grinste frech und machte sich auf den Weg in die Küche.
„Arschloch!", gab ich leise von mir.
„Ich hab das gehört!", kam es zurück.
Das Abendessen wurde zu einer äußerst trübsinnigen Angelegenheit.
Wir schoben lustlos das Essen auf den Tellern herum und keinerlei Gespräch kam in Gang.
Mir war außerdem kotzübel.
Ich war froh als unser *Mahl* vorbei war und ich mich davonmachen konnte.
„Ziehst du dich jetzt zurück, Caer?"

„Ja!"
„Ich begleite dich zur Treppe und in der Zwischenzeit kannst du mir eine Erklärung abgeben!", verkündete er und nahm meinen Arm.
„Um Himmels willen, können wir nicht mal über was anderes reden?", fuhr ich ihn an.
„Nein!"
„Chiron! Bring mich nicht zur Weißglut! Ich kann für nichts mehr garantieren!"
Wütend schlug ich seine Hand weg.
Er lachte forsch und eilte Richtung Bibliothek.
„Stopp! Bevor ich es wieder vergesse, in ungefähr zwei Wochen findet hier ein Ball statt", warf er zurück.
„Ein was?", fragte ich nach.
„Ball! Fest oder wie immer du es auch nennen magst."
Ich runzelte die Stirn.
Was sollte das nun wieder?
„Warum? Gibt es einen besonderen Anlass für derlei Ereignis?", hakte ich nach.
„Vielleicht!"
Ich war kurz vor dem explodieren, denn seine doofen und unqualifizierten Einwürfe, die mir langsam gegen den Strich gingen und die ich nicht mehr witzig fand, nervten nur noch. Tief atmete ich durch, verkniff mir eine passende Antwort und machte mich auf den Weg in mein Zimmer.
Mein Entschluss stand unwiderruflich fest.
Zu diesem Ball würde ich sicher nicht erscheinen!
Auf weitere Überraschungen hatte ich keine Lust!
Nicht so!

Die Nacht verging schnell und traumlos.
Als ich am nächsten Morgen ausgeruht in die Küche eilte um mir ein Frühstück zu machen, stieß ich dort

auf Tom und Chiron, sie verstummten, als ich eintrat. Ich stutzte.
Was für ein Geheimnis verbargen sie erneut vor mir oder was sollte ich nicht mitbekommen?
„Guten Morgen die Herren! Wünsche wohl geruht zu haben!", gab ich misstrauisch von mir.
„Danke! Wir haben etwas mit dir zu besprechen! Ich hoffe, du hast etwas Zeit für uns!", gab Tom von sich.
Ich schnaufte.
„Na? Chiron hat wohl keinen Arsch in der Hose um alles mit mir alleine zu besprechen? Braucht er wieder einmal Rückendeckung? Was gibt es denn Wichtiges? Geht es um diesen mysteriösen Ball, zu dem ich nicht erscheinen werde?", gab ich sarkastisch von mir.
„Setz dich erst einmal und höre zu", kam es von Tom. Bevor ich etwas erwidern konnte, drückte er mich in einen Stuhl und deckte den Tisch für mich ein.
„Ihr braucht euch nicht einschleimen, mein Entschluss steht fest! Ich werde nicht daran teilnehmen! Weiß ich, was an diesem Abend passiert? Chiron spielt nicht mit offenen Karten! Solange er mich für doof und mehr als blauäugig hält, kann er es vergessen! Ich habe von diesem Spiel genug und steige hiermit aus! Noch heute werde ich meine Sachen packen und komplett aus der verfluchten Grafschaft verschwinden! Meine Energie ist vollständig erschöpft! Ich resigniere und lasse alles auf sich beruhen! Kinder, Schwester, das Chronoskop! Alles! Schluss! Mir reicht es! Schaut nicht so entsetzt!", blaffte ich in die Runde, erhob mich und startete den Versuch die Küche zu verlassen.
Tom hielt mich zurück.
„Verdammt! Caer! Du kannst doch jetzt kurz vor dem Ziel nicht aufgeben! Bitte! Hilf mir doch weiter!", warf Chiron verzweifelt ein.

Ich schüttelte energisch den Kopf.
„Nein! Du hattest deine Chance! Mehr als einmal und hast sie nicht genutzt! Du lügst nur und …..", weiter kam ich nicht, denn Tom unterbrach mich.
„Stopp! Caer! Hier muss ich Chiron helfend zur Seite stehen! Er kann dir nichts erklären, denn es würde für ihn diesmal den Tod bedeuten!"
„Sei still, Tom! Caer hat es so für sich entschieden und ich werde es diesmal akzeptieren müssen. Egal ob es mein Leben kostet. Sie hat genug für mich gelitten", gab Chiron von sich.
Erschrocken schaute ich ihm in die Augen.
„Stimmt es, was Tom erzählt hat? Kostet es dich dein Leben, wenn ich nicht erscheine?"
Chiron nickte.
Ich stützte meinen Kopf in die Hände und seufzte.
„Schon wieder liegt die Entscheidung über Leben und Tod bei mir. Wisst ihr überhaupt, wie ich mich dabei fühle? Gibt es wirklich keinerlei Hinweis für mich um was es geht?", fragte ich und blickte in ihre Richtung.
Tom schüttelte den Kopf.
„Ich darf dir nur sagen, dass es danach leichter wird", gab er von sich.
„Na toll! Allerdings bringt mich das nicht wirklich in der Entscheidung weiter! Ich bitte um Bedenkzeit und werde euch später in Kenntnis setzen, wie ich mich entschieden habe! Ist das okay für euch?"
Beide nickten zustimmend und ich sah die Angst in Chirons Augen.
Ich erhob mich und machte mich auf den Weg in die obere Etage.
Chirons Blick ging mir nicht aus dem Sinn.
Genau dieser rief mir in Erinnerung, dass ich nun über sein Leben oder seinen Tod entscheiden sollte.

Nachdenklich setzte ich mich auf die oberste Stufe der Treppe und verfiel ins Grübeln.
Tolle Situation, in der ich da steckte.
Während ich nach einer vernünftigen Lösung suchte, verließen beide Männer die Küche und ich wurde im selben Augenblick Zeuge eines Gespräches, das für mich sicher nicht bestimmt war.
„Chiron! Denke positiv! Caer hat bis jetzt, auch wenn sie sauer auf dich war, immer zu deinen Gunsten und zu deinem Wohl entschieden! Vertrau ihr dieses eine Mal noch! Ich weiß diesmal wird sie das Richtige tun!"
„Tom, ich liebe Caer über alles! Nur solange sie sich ihrer Liebe zu mir, nicht sicher und bewusst ist, gibt es keine Erlösung und wir rutschen immer und immer wieder in diese Endlosschleife zurück. Auch diesmal! Es ist die letzte Chance und es gibt kein Entkommen! Sie zweifelt zuviel! Ich habe es bereits in ihren Augen gesehen! Tom! Ich habe Angst!", hörte ich ihn reden.
Ich schluckte.
Was in Gottes Namen übersah ich denn jedes Mal?
„Soll ich nach ihr schauen? Vielleicht ist sie zu einem Entschluss gekommen und die quälende Ungewissheit für dich, nimmt ein positives Ende", fragte Tom.
Erschrocken zuckte ich zusammen und betete, dass er den Gedanken nicht in die Tat umsetzte, sonst würden sie mich entdecken.
„Nein! Wir lassen Caer in Ruhe nachdenken!", kam es von Chiron.
Ich atmete erleichtert auf.
Kurze Zeit später verschwanden beide nach draußen, während ich mich erhob.
Gedankenverloren betrat ich mein Zimmer und legte mich auf das Bett.
Wie konnte ich mich aus dieser Situation befreien?

Nach zwei Stunden hatte ich eine Entscheidung und wollte sie bekannt geben.
Mit Spannung wurde ich bereits erwartet.
Chiron blickte mir hoffnungsvoll entgegen.
Ich räusperte mich.
„Langer Rede kurzer Sinn! Nach reiflicher Überlegung bin ich zu dem Schluss gekommen, nicht so schnell zu resignieren und das Handtuch zu werfen. Ich möchte nicht an Chirons Tod schuld sein, ohne ihm eine reelle Chance eingeräumt zu haben, dass er überlebt. Somit ist alles von meiner Seite aus gesagt und ich werde bis zu diesem Ball in meinem Cottage verweilen. Zurzeit kann ich Chiron nicht ertragen und werde ihm, so weit es möglich ist, völlig aus dem Weg gehen. Ich hoffe ihr akzeptiert es."
Innerlich grinste ich vor mich hin.
Strafe musste sein!
Dieser Seitenhieb hatte gesessen.
„Ich danke dir Caer!", kam es kleinlaut von Chiron.
„Du musst mir nicht danken! Vielleicht geht es schief und das Schicksal hat einen anderen Weg für uns beide gewählt. Wir werden sehen!"
Ich verabschiedete mich.
„Pass auf dich auf! Hörst du? Falls du Hilfe benötigst, so melde dich! Vergiß nicht, dass Schutzfeld um dich herum zu aktivieren!", rief Tom hinter mir her.
„Das werde ich! Danke!"
Zielstrebig verließ ich das Anwesen.
Wundersamer Weise, ließen mich sämtliche Unwesen in Frieden, als wenn sie ahnten, dass sie keine Chance hatten.

Die Feier nahte und Tom brachte mir im Auftrag von Chiron ein Traum von einem Kleid vorbei.

Ich probierte es sofort an und Tom pfiff anerkennend durch die Zähne.
„Chiron werden die Augen überquellen, wenn er dich so sieht!"
„Irgendwie ist mir etwas mulmig zumute. Die Zukunft für mich steht in den Sternen. Ich habe ehrlich gesagt, mehr als nur Angst. Chiron kennt bereits den Ausgang der Geschichte! Mich plagen seit Tagen Albträume, die mehr als sonderbar sind."
„Chiron weiß nur bedingt um was es geht. Bitte denk daran, dass sich jedes Mal der Ausgang der Geschichte verändert. Mach dir nicht so viele Sorgen."
„Dein Wort in Gottes Ohr, Tom", gab ich von mir.
„Ich habe meinen Auftrag erfüllt. In zwei Tagen hole ich dich gegen Abend ab. Du wirst auf dieser Feier die Schönste sein. Es wird alles gut", bestärkte er mich.
Ich lachte und verabschiedete mich von ihm.
Zurück blieben trotzdem Zweifel.

Dieser Ball wurde für Chiron ein voller Erfolg.
Alles was Rang und Namen besaß, war erschienen um daran teilzunehmen.
Chiron war über mein Aussehen mehr als entzückt und wich mir nicht mehr von der Seite.
Ich wurde von der übrigen Männerwelt dauerhaft mit Komplimenten überschüttet und konnte mich kaum vor anhaltenden Tanzeinlagen retten.
Meine Füße brannten wie Feuer. Erschöpft bat ich um eine tanzfreie Runde.
„Sehr ungern, Caer!", gab Chiron von sich.
Nachdem die Kapelle eine kurze Pause einlegte, was ich dankbar registrierte, schlich ich mich in meine Räume um zu verschnaufen. Aufstöhnend kickte ich die Schuhe von meinen Füßen und massierte sie.

Viel Zeit blieb mir nicht, denn schon erklang erneut Musik aus dem Saal. Nun hieß es wieder Schuhe an und ab in die Höhle des Löwen.

Ich verdrehte genervt die Augen, machte mich auf den Weg nach unten und stieß mit einer unbekannten Schönheit zusammen, die gerade mit einem Begleiter eingetroffen war.

Eine Entschuldigung murmelnd, lief ich weiter und sah noch aus den Augenwinkeln, wie Chiron auf die neuen Gäste zueilte und einen etwas gehetzten Blick in meine Richtung warf.

Eigenartig!

Bevor ich mir weiter den Kopf darüber zerbrechen konnte, wurde ich von mehreren Herren zum Tanzen aufgefordert und schwebte erneut über das Parkett, bis zur nächsten Pause.

Langsam begab ich mich in Richtung Wintergarten, der speziell für diesen Abend geöffnet worden war.

Dieses Privileg musste ich unbedingt nutzen.

Herrliche Blumenarrangements umgaben mich, als ich ihn betrat. Ich seufzte, nahm auf einem der Stühle in der Nähe des Brunnens Platz, schaute ins Wasser und geriet ins Träumen.

„Entschuldigung? Darf ich mich zu ihnen gesellen?", wurde ich kurze Zeit später angesprochen.

Ich schrak aus meinen Tagträumen, sah hoch und war angenehm überrascht.

Er war attraktiv, geradezu sündhaft attraktiv und die Begleitung der geheimnisvollen Schönen.

„Bitteschön, es sind genügend Stühle vorhanden und jedermann steht frei, den Wintergarten zu besuchen", gab ich von mir.

Er schenkte mir ein laszives Lächeln und setzte sich neben mich.

Oh, mein Gott! Er sah gut aus, daran bestand kein Zweifel, aber er war auch der Teufel in Person. Ein Feind. Sogar einer der bedrohlichsten Sorte, denn ich wusste nur zu gut, dass er mit seinem Charme sogar in der Lage wäre, mir die Seele problemlos abschwatzen zu können.

„Gestatten, dass ich mich ihnen vorstelle? Lord Sage F. Bromley. Ein guter Freund von Chiron. Mit wem habe ich die Ehre? Stopp! Nichts sagen! Ich glaube, ich weiß es bereits! Sie müssen die sagenumwobene Caer Killarney sein!"

Ich stutzte.

„Sie sind ja bestens informiert! Ich habe in Erinnerung dass sie vorhin mit der schwarzen Schönheit neben Chiron standen! Ihre Frau?", wollte ich wissen.

Er lachte.

„Mitnichten, liebste Caer! Meine Schwester! Sieht man das denn nicht?", gab er zurück.

„Ich bin keineswegs ihre liebste Caer!", konterte ich.

Er ignorierte meine Bemerkung.

„Was schlagen sie vor? Wie soll ich sie nennen?"

Ich stellte fest, dass mich seine Nähe verwirrte. Und das durfte einfach nicht sein.

Ich erhob mich.

„Miss, wir sind oft blind gegenüber jenen, die wir am innigsten lieben!"

Ich zuckte zusammen und geriet in Panik.

Was sollte das?

„Entschuldigen sie mich, Mister Sage F. Bromley! Ich muss leider zurück! Sicherlich vermisst Chiron mich bereits! Wir sehen uns noch!"

Verwirrt eilte ich zum Buffet und schenkte mir einen Drink ein.

Ich ließ meinen Blick durch den Saal schweifen.

Wo war Chiron?

Er stand immer noch bei dieser geheimnisvollen Frau. Ich wollte ihm zuwinken, als er ihren Arm ergriff und sie mehr oder weniger hart in Richtung Vorhalle zog.
Was ging hier vor sich?
Heimlich folgte ich ihnen und versteckte mich hinter einem der Vorhänge, der großen Fenster.
Wieder wurde ich ungewollt Zeuge eines Gespräches.
„Du weißt was mit dir passiert Chiron, wenn sie dich heute Abend nicht küsst? Du wirst den morgigen Tag nicht überleben! Hoffe und bete, dass sie über ihren Schatten springt, dir verzeiht und es wagt! Erst dann bist du erlöst und der Fluch ist durchbrochen! Sie ist unser allen Schicksal! Weigert sie sich, springt alles auf die Stunde Null und alles beginnt von neuem!", gab die Unbekannte von sich.
„Verdammt, sei still! Wenn uns jemand hört!", gab er barsch von sich.
Wütend schleifte er sie zurück in den Saal.
Ich erstarrte und schluckte.
Um das ging es also!
Nun mit dem Küssen hatte ich kein Problem!
Der Zusammenhang dieser Aktion, war mir nicht so bewusst und äußerst mysteriös.
Still fluchte ich in mich hinein, lugte vorsichtig um die Ecke und war froh, dass ich von beiden nicht entdeckt worden war.
War dieses eigenartige Gespräch, gerade ein Wink des Schicksals gewesen?
Ich ging davon aus.
Nichts geschieht ohne Hintergrund!
Nachdenklich machte ich mich auf den Weg in die Küche, wo ich auf einen der extra für diesen Abend bestellten Dienstboten traf, der sich geflissentlich nach meinen Wünschen erkundigte.

Gedankenverloren bestellte ich mir einen gut befüllten Teller mit Obst, nahm ihn entgegen und eilte damit in die Geheimbibliothek. Es musste doch eine Lösung zu finden sein.

Vor einigen Tagen hatte ich klammheimlich, trotz des Verbotes von Chiron, erneut diesen Raum aufgesucht und endlich nach aufwendigem Suchen ein Tagebuch von ihm gefunden.

Ich glaubte, mich dunkel erinnern zu können, auch die Geschichte mit dem Kuss flüchtig überlesen zu haben. Allerdings stand diese wiederum in Zusammenhang mit Werwölfen.

Während ich noch grübelte, stand ich vor der Tür und hielt kurz inne.

Mein Herz pochte wie verrückt.

Jeder Atemzug steigerte mein schlechtes Gewissen, da ich erneut über Chirons Anweisung hinwegsah.

Ich atmete tief aus, ergriff die Klinke, öffnete die Tür, trat ein und eilte zielstrebig zum Bücherregal.

»Was, wenn mich Chiron dabei erwischte?", schoss es mir durch den Kopf.«

Egal!

Energisch drückte ich gegen das Brett.

Nichts!

Ich wiederholte den Vorgang.

Das Brett gab nicht nach.

Ich schaute mehr als verwirrt, als mich plötzlich eine Stimme aus dem Hintergrund ansprach.

„Caer, du kannst es einfach nicht lassen! Dachte ich mir doch, dass du es erneut versuchen würdest! Dieses Mal habe ich vorgesorgt und dir den Weg versperrt!"

Chiron!

Ich wirbelte erschrocken herum, ließ dabei den Teller fallen und sah ihn in einem dieser Ohrensessel sitzen,

die sich überall im Haus und in fast jedem Zimmer befanden.
Klirrend zersprang der Teller am Boden und das Obst kullerte in verschiedene Richtungen davon.
„Nun? Was kannst du diesmal zu deiner Entlastung vorbringen?", fragte er barsch und erhob sich.
Mit langsamen Schritten und eiskalter Miene kam er auf mich zu.
Ich schluckte und starrte ihm fest in die Augen.
„Diesmal Chiron, habe ich keine Ausrede. Erwischt, ist erwischt! Und nun? So wie ich dich kenne, hast du sicher schon eine Strafe für mich parat! Was gedenkst du diesmal zu tun? Seit diese Unbekannte aufgetaucht ist, verhältst du dich mir gegenüber sehr eigenartig und ungerecht! Warum?", gab ich fragend zurück.
Chiron lachte kurz auf.
„Willst du das wirklich wissen? Nun gut! Es wird dir nicht sonderlich gefallen! Jetzt ist es entgültig an der Zeit mit offenen Karten zu spielen, wie du es immer nennst! Ich werde diese Unbekannte heiraten! Der Ball ist nur ein Vorwand und dient dazu. Ich werde kurz vor Mitternacht die anstehende Hochzeit mit dieser Dame bekannt geben."
Nach diesen Worten wurde mir schlecht und ich geriet leicht ins Wanken.
Entsetzt blickte ich Chiron an, schloss kurz die Augen, schluckte und fing mich nach Sekunden wieder.
„Was wird aus mir?", fragte ich.
Chiron runzelte die Stirn und fing nach kurzer Zeit zu lachen an.
„Jetzt verstehe ich erst! Du dachtest ich würde dich zu meiner Frau erwählen! Mein Gott, Caer! Wie naiv bist du nur! Hast du es immer noch nicht kapiert, dass du

nur Mittel zum Zweck bist, damit der Fluch endlich beendet wird?"
Ich erstarrte und dann überkam mich unbändige Wut.
Während er sich noch vor Lachen bog und sich weiter mit Worten über mich lustig machte, holte ich aus und schlug ihm mit meiner Hand ins Gesicht.
„Es reicht! Du mieses Dreckschwein! Was bildest du dir ein, wer du bist und wen du vor dir hast! Ich habe nicht deine Launen, Exzesse und Unannehmlichkeiten auf mich genommen um dann wie ein alter Lumpen entsorgt zu werden! Ich gehe auf der Stelle und werde dieses Spiel in keiner Weise mehr erdulden!", brüllte ich und schlug weiterhin unkontrolliert auf ihn ein.
Ich verlor komplett die Kontrolle, verhielt mich wie von Sinnen, tobte und schrie und war nicht mehr zu bändigen.
Irgendwann hatte er mich überwältigt und nahm mich so fest in den Klammergriff, dass ich aufgab und in die Knie sackte.
„Caer! Verdammt! Ich habe genug von dir und deinen Eskapaden! Nimm es endlich hin, denn du kannst es nicht ändern! Es ist dein und mein Schicksal!", zischte er mir zu.
„Lass mich sofort los, du Ungeheuer!", schrie ich.
„Wenn du versprichst, dich ruhig zu verhalten!", gab er zurück und lockerte etwas seinen Griff.
Ich nickte.
Er gab mich frei, zog mich hoch, drehte mich in seine Richtung und schaute mir in die Augen.
Durch unsere Auseinandersetzung, hatte sein Gesicht einige heftige Plessuren abbekommen und ich schämte mich wieder einmal mehr, für meine Unbeherrschtheit in Grund und Boden.
„Chiron ich……..", setzte ich an.

„Vergiss es Caer! Es gibt nichts mehr zu sagen! Geh nach oben und mache dich frisch! Du siehst furchtbar aus! Ich erwarte, nein ich befehle es dir, dass du kurz vor Mitternacht, wieder auf dem Ball erscheinst! Hast du das verstanden?", hakte er nach.
Ich schloss heulend die Augen und wünschte, dass mich jetzt in diesem Moment eine Ohnmacht umfing.
Vergebens!
Chiron schüttelte mich, bis ich schmerzhaft aufschrie und ihn entsetzt anblickte.
„Hast du das verstanden?!", fragte er nach.
Ich nickte, entwand mich aus seinem Griff, rannte aus dem Raum, an Tom vorbei, der gerade im Begriff war, diesen zu betreten und eilte nach oben.
Schluchzend warf ich mich aufs Bett, verstand nichts mehr und ließ den Tränen freien Lauf.

Nachdem Tom mehrmals Caer beim Namen gerufen und diese nicht reagiert hatte, betrat er das Zimmer, wo Chiron völlig aufgelöst und leicht verletzt vor ihm stand.
„Hast du es ihr gesagt?", fragte Tom.
Chiron nickte, setzte sich aufstöhnend und entkräftet in den Sessel, schloss für einen Moment die Augen um sie dann wieder zu öffnen.
„Diesmal war es schlimmer, als die Male zuvor. So ist Caer noch nie ausgerastet. Ich denke, dass war es und ich werde weiterhin verflucht bleiben. Sie hasst mich", gab er von sich.
„Soll ich mit ihr sprechen?"
„Nein! Danke Tom! Sie muss selbst dahinter kommen! Warten wir es ab! Ich mache mich auf den Weg in den Saal. Sicher vermissen die anderen Gäste mich schon. Also los, Tom!"

Chiron erhob sich und beide verschwanden.

Ich musste vor Erschöpfung eingeschlafen sein.
Erschrocken schoss ich hoch.
Wie spät war es?
Ein Blick auf meine Uhr, spornte mich zur Eile an.
Kurz vor Mitternacht!
Die Stunde der Wahrheit rückte näher!
Nun lag es an mir, dass Richtige zu tun um den Fluch zu brechen!
Mehr rennend als laufend, eilte ich nach unten und sah im letzten Moment aus den Augenwinkeln, das diese Unbekannte sich daran machte, mit Chiron in einem der Räume zu verschwinden.
Ich ahnte was sie beabsichtigte.
»Nicht mit mir, du falsche Schlange. Dafür habe ich zu hart gekämpft und gelitten«, dachte ich bei mir.
Vorsichtig öffnete ich die Tür, schaute mich um und huschte ins Zimmer.
Nach wenigen Sekunden hatte ich die Situation erfasst.
Chiron und seine Begleitung waren im Begriff, sich in Werwölfe zu verwandeln um sich zu paaren.
Vollmond!
Wie hatte ich das nur vergessen können!
Ich zögerte.
War es bereits zu spät und alles umsonst?
Nein!
Mein Entschluss stand fest!
„Chiron? Was tust du da?", sprach ich ihn an.
Beide blickten in meine Richtung.
Missmutiges Knurren drang aus ihren Kehlen.
Ich gab nicht auf.
„Chiron? Ich habe dich etwas gefragt?"

Er blickte in meine Richtung und zeigte endlich eine Reaktion.
Langsam schob er den weiblichen Werwolf zur Seite und lief knurrend auf mich zu.
Im gleichen Moment öffnete sich die Tür.
Ich erstarrte und verging fast vor Angst, da ich nicht wusste, was mich nun erwarten würde.
Lord Sage F. Bromley gesellte sich zu uns.
Auch er war im Begriff sich zu verwandeln.
Jetzt verstand ich endlich!
Der feine Lord, sollte mein Partner werden und sich ebenfalls mit mir vereinen.
Innerlich flehte ich um Gottes Beistand, egal wie es enden würde und dann stand Chiron vor mir.
Die Verwandlung war noch nicht komplett.
Ich hoffte wieder.
„Was willst du, Caer?", drang es gefährlich aus seinem Rachen.
Bevor ich ihm antworten konnte, eilte die Unbekannte zu uns und fauchte mich an.
„Verschwinde, sonst hast du dein menschliches Leben verwirkt! Chiron gehört seit ewigen Zeiten zu mir! Du darfst mit meinem Bruder vorlieb nehmen. Nichts und niemand können uns trennen!", keifte sie.
„Doch! Ich! Chiron, ich liebe dich! Egal was passiert!", gab ich mit fester Stimme zurück.
Er runzelte die Stirn und stellte eine einzige Frage.
„Egal was ich dir antun werde?"
Ich schluckte.
„Egal! Ich möchte den Rest meines Lebens an deiner Seite verbringen! Chiron, ich liebe dich!"
Im gleichen Moment griff die alte Weisheit, wenn man einen Werwolf mehrmals beim Namen nannte und ihm seine Liebe beteuerte, dass er sich vollständig in

den Menschen zurückverwandelte, der er vormals war.
Chiron fing an, sich unter Schmerzen zu winden.
Der Unbekannten gefiel das überhaupt nicht und sie sprang mich ohne Vorwarnung an.
„Du bekommst ihn niemals! Zumindest bekommt er dich nicht lebend!", knurrte sie und schlug zu.
Ich schrie auf, als mich ihre scharfen Krallen hart an Schulter und Bein trafen und verletzten.
So durfte es auf keinen Fall enden.
Ich erhob mich, humpelte auf Chiron zu, sah in sein fast menschliches Gesicht, verkrallte mich in sein noch teilweise vorhandenes Fell, überwand den Ekel und küsste ihn, bis ich keine Luft mehr bekam.
Hinter mir ertönte der Aufschrei meiner Kontrahentin und ein erneuter Hieb ihrer Pranke traf mich.
Ich stöhnte auf und im selben Moment erwiderte auch Chiron meine Küsse.
Die Lösung hatte so nahe gelegen.
Liebe war das Zauberwort!
Chiron hatte es nicht erkannt!
Bis jetzt!
Seine Rückverwandlung zeigte Erfolg und er wurde zu dem, was er einmal war.
Ein Mensch.
Verzweifelt hielt ich ihn umklammert und spürte, wie mein Leben langsam aus mir wich.
Meine Kontrahentin hatte mich schwer verletzt. Eine meiner wichtigen Hauptarterien war zerfetzt worden, aus der unaufhaltsam und pulsierend mein Lebenssaft quoll.
Chiron hatte davon noch nichts mitbekommen und küsste mich, als wenn es das Letzte in seinem Leben wäre, was er tat.
Für mich war es so.

Als er es bemerkte, war es zu spät.
Ich hörte ihn verzweifelt nach seinen Gefährten rufen und dann wandte er sich an mich.
„Caer! Nein! Bleib bei mir! Du darfst nicht sterben! So darf es nicht enden! Der Fluch ist gebrochen! Was hab ich nur getan!"
„Für dich ist er entgültig durchbrochen, Chiron! Nicht für mich!", gab ich mit versagender Stimme von mir.
„Ich kann deinem Gedankengang nicht folgen, den du gerade spinnst!", fragte er verstört nach.
Eine Erklärung hierfür blieb mir erspart, obwohl ich es versuchte.
Sprechen konnte ich nicht mehr. Dazu war ich bereits zu schwach. So schenkte ich ihm mein letztes Lächeln.
Im Hintergrund, hörte ich die Werwölfin schadenfroh auflachen.
Chiron, der mich schützend in seinen Armen hielt, ließ mich sanft zu Boden gleiten und wirbelte herum.
Während sich der dunkle Schleier des Vergessens ganz langsam über mich legte, sah ich wie seine Freunde in den Raum stürmten und sich gemeinsam mit ihm, auf das weibliche Verderben und deren Bruder stürzten.

Schwarze Leere umgab mich die mir Angst machte.

„Caer? Hörst du mich?"
Ich horchte auf.
„Wer ist da? Warum sehe ich nichts! Bin ich tot?"
„Beantworte meine Frage? Kannst du dich an irgendetwas oder an irgendjemand erinnern?"
Ich überlegte.
„Nein! Warum?"
„Denk nach! Es ist wichtig!"
Die Gesprächsführung nervte mich.

„Nein, ich habe keine Lust! Ich bin so müde! Lass mich doch schlafen!"
„Caer! Denk nach!"
Missmutig wühlte ich in meinen Gedanken.
„Da ist nichts!"
Stille!
„Hallo! Ist hier jemand? Bin ich tot?"
Verzweifelt wiederholte ich diese Frage.
„Ja, du bist gestorben! Deine Erinnerung gelöscht! Du wirst eine neue Chance bekommen! Nutze sie!"
„Eine neue Chance? Warum bin ich tot? Durch was oder wen bin ich gestorben? Was ist passiert? Wie erkenne ich diese neue Chance?"
Stille!
Dunkelheit!
Nichts mehr!

Chiron brüllte einen Befehl und setzte sich mit seinen Freunden gleichzeitig in Bewegung.
Ihr Ziel waren beide Werwölfe, die bereits lauernd und knurrend abwartenden.
„Diese Aktion war definitiv eure Letzte! Ich werdet niemand mehr töten!", schrie Chiron.
Während er die Bestien zurückdrängte, warf Tom ein frisch geschmiedetes Schwert in Richtung Chiron, der dieses gekonnt auffing.
Mit einem Handstreich schlug er zu und trennte erst den Kopf der Wölfin und dann den ihres Bruders von deren Rümpfen.
Kurz darauf verwandelten auch sie sich in Menschen zurück.
„Silber hilft immer", gab Tom befreiend von sich.
Chiron ließ das Schwert zu Boden fallen und wandte sich den am Boden liegenden Körper von Caer zu.

Langsam schritt er in ihre Richtung und kniete sich zu ihr.
Ihr Körper war von Wunden übersät, die ihr die Bestie beigebracht hatte und aus denen immer noch das Blut unaufhaltsam sprudelte.
Inzwischen hatten sich seine Gefährten zu ihm gesellt und starrten fassungslos auf Caer.
Chiron fühlte den Puls von ihr, in der Hoffnung, dass noch etwas Leben in ihr steckte.
Kein Puls!
Kein Atem!
Caer war tot!
Chiron nahm sie behutsam hoch, trug sie, gefolgt von seinen Freunden, schweigend in den Wintergarten und bettete sie auf den freien Platz im Brunnen.
„Lebe wohl geliebte Caer. Ich erfülle dir deinen letzten Wunsch, noch einmal ein Teil des Brunnens sein zu dürfen. Ich danke dir von Herzen, dass du uns alle von diesem Fluch befreit hast. Ruhe in Frieden", gab er von sich.
Chiron erhob sich und verschwand wortlos in seiner privaten Bibliothek.
Tom, der ihn kurze Zeit später aufsuchte um sich nach seinem Befinden zu erkundigen, fand die Tür jedoch verschlossen vor.
Gegen Abend gesellte Chiron sich zu seinen Freunden und gab bekannt, dass er Caer in drei Tagen auf dem familieneigenen Friedhof gebührend beerdigen würde.
Danach eilte er in den Wintergarten, holte Caer von ihrem angestammten Platz auf dem Brunnen und trug ihren leblosen und bleichen Körper in ihre Kammer.
Er legte sie aufs Bett, strich ihr noch einmal liebevoll über das Gesicht, hauchte ihr einen letzten Kuss auf den blutleeren Mund und übernahm die Totenwache

bis zum Morgen, wo er von Tom abgelöst wurde. Drei Tage wurde diese Zeremonie zelebriert und so konnte sich jeder der Freunde reihum, gebührend von Caer verabschieden.

Am Tag der Beerdigung regnete es in Strömen.
Die Feier wurde einfach und schlicht gehalten.
Chiron stand extrem blass und mit versteinerter Miene am Grab und hing seinen Gedanken nach.
Sein Blick schweifte mehrmals in die Ferne.
Tom räusperte sich und gesellte sich zu ihm.
„Was meinst du Chiron? Werden wir sie jemals wieder sehen?", fragte er vorsichtig nach.
Chiron blickte in seine Richtung.
„Die Zeit wird es lehren, Tom. Ich weiß es nicht."

Nach tagelanger Fahrt und mehr als ungemütlichen Übernachtungen im Auto, kam ich endlich an meinem Ziel an, wenn auch völlig erschöpft.
Die Strasse die zum Cottage führte, war morastig und ich hatte mehr als nur ein Problem, mit meinem Auto voranzukommen. Im Stillen fluchte ich vor mich hin und hoffte, dass ich nicht irgendwo liegen blieb. In absehbarer Zeit, musste ich mir etwas für diesen Weg einfallen lassen, denn ich hatte absolut keine Lust, auf meinen Heimfahrten, mitten in der Nacht stecken zu bleiben. Im Moment war mir das Moor unheimlich. Aber ich war mir sicher, dass sich dies in nächster Zeit ändern würde.

Ich stieg aus und schritt langsam auf das kleine eiserne Tor zu..........irgendwie kam mir diese Szene bekannt vor. Was geschah hier?

Zu dieser Reihe gehören

Die Tochter der Moorhexe
~ Das Vermächtnis ~
Band 1
ISBN 978-3-8482-2430-2

www.ingramcontent.com/pod-product-compliance
Lightning Source LLC
LaVergne TN
LVHW041848070526
838199LV00045BA/1491